我が手の太陽

石田夏穂

Kaho Ishida

講 談 社

我が手の太陽

渡された針金は、思っていたよりやわらかかった。何回か曲げればたちまち真っ二つに折れる気がするのに一向に折れない。そのうち先端が爪に入り、ドキリとしたときには出血していた。血が爪の形に広がり、先生に見つかったら不味いと急ぎ拳を作った。

この針金は「ハンダ」と呼ばれるものだ。いまから「ハンダヅケ」を行う。血が止まると指先にツンツンする痛みが生じた。

こんな針金の一本にも勝てない自分が情けない。折ろうとしたら見事に逆襲された。紙で手を切ったときのように、無性にムシャクシャする。その頃はまだ、自分が三十年後も似たようなことをしているとは夢にも思っていなかった。

右手にハンダゴテを持ち、左手にハンダを持つ。机には緑色のプリント基板がある。この電気回路を仕上げ、本体の中に収めれば簡易ラジオが完成するのだ。

「熱いから注意しろよ」

ハンダの先端が黒い。何の汚れかと目を凝らしたら、自分の血だった。その先端が、スイッチを入れたハンダゴテの上でみるみる溶け始める。あまりの呆気なさに伊東は驚きながら、それを急ぎ部品の取りつけ部に垂らした。ハンダが溶け出した時、確かに黒かった血が元の鮮やかな赤に戻った。

十センチばかりあったハンダはあっという間に持てないほど短くなった。ハンダゴテに触れた途端、嘘のように形を失うのだ。腹がヒリヒリするような昂奮を覚えた。あたかも自分が、このハンダを手懐けたようだ。さっき自分を刺したものとは到底思えない。三十二か所を一気に仕上げた。

その後も基板の隅で、ハンダの点点を作った。いろいろな大きさの水玉を拵える。ハンダは常温だと強いのに、熱の前だとこんなにも弱い。溶けたままの形で固まることも何とも間抜けなことだった。そのうち可能な限り正円にしようとしてみた。点に飽きると線を引いてみた。ますますハンダは思い通りだ。

生徒の中には苦戦する者もいた。思ったところにハンダを垂らせないらしい。一体どうやったら思ったところに垂らせないのだろう？　自分を万能に感じた。

無心になった伊東の中に、ラジオを作っているという実感はなかった。そういう全体観はない。ただハンダを溶かし、同じ熱に自分も晒されている。自分がいまハンダの上に立っている感じ。この手が世界を制御している感じ。何て、ハンダは従順なのだろう。

「あつ」

鋭い叫びに目を上げると、一人の生徒が先生と廊下に飛び出した。蛇口が水を噴射する音に「こら」と窘める声が重なる。隣の生徒とふざけ合い、ハンダゴテが手に接触したらしい。

よほど熱かったのか、それから保健室に向かった生徒は少し涙目だった。伊東は、そのとき気づいた。人間は熱いものには敵わないのだ。それも金属を腰抜けにするほど熱いものには。自分でもわからないが、そのことに胸が一杯になった。ふと思い立ち、ハンダゴテを小指の腹に当ててみると、死ぬほど熱かった。

＊　＊　＊

「これ、直近の欠陥率」

半年振りに事務所に寄ると、伊東は別室に呼び出された。カワダから一枚のコピーを渡され、そこにはカワダ工業が独自に管理する溶接工の欠陥率が記されていた。伊東の直近四半期の欄に「一・六」とある。

「調子わるかった？」

「いや……」

返事が続かない。それよりコピーを畳み、ポケットに突っ込むことに一生懸命だった。

「ちょっと疲れてんのかもな」

「そうかもしれないです」

伊東は疲れてなどいなかった。

「いつも通り？」

「うん……いつも通りです」

それ以上には触れず、カワダは別の紙を取り出した。

「来週からこの現場に行ける？」

地図の白黒コピーに一つの区画が蛍光ペンでハイライトされている。「表参道」の文字に伊東は目を剝いた。

「ビルの解体現場だよ」

「え」

「まあ今回のこともあるし、ちょっと急だけど頼む。三週間と少しだ」

伊東は呆然とした。ビルの解体現場。街中の工事は普通にあることだが、自分が派遣されるとは思わなかった。

「ガスの？」

「そうだよ」

そりゃそうだろ、とばかりに頷く。そのときカワダの携帯が鳴り、伊東とのやり取りは終わった。

伊東は新幹線で浜松から東京に戻ったところだった。そこから真っ直ぐ板橋の事務所に寄って、言い渡されたのが高い欠陥率と、思ってもいない次の現場だ。ビルの解体など自分の本業ではない。ガスの仕事などその辺の誰かがすればいい。

カワダ工業は従業員五十人規模の、工場《プラント》の配管工事を請け負う会社だった。その大半を占める現場組はそれぞれの建設地におり、この事務所を職場とするのは「経営陣」たる二人のカワダだけだ。こういう工事業者にはしばしばあることだが、社長カワダ父、副社長カワダ息子のピュアな同族経営である。先代社長はもちろんいま伊東と話した副社長カワダの祖父だ。

そういう狭い事務所に作業員が一人になれる場所はない。伊東は畳む気力もない地図のコピーを指に挟み持ちながら玄関を出、外の喫煙所に向かった。

こっちは雨降りだった。誰もいないからしゃがみ、できることなら頭を抱えたかった。伊東に喫煙の習慣はないが、こういうときは一服できたらと思う。

昨日の一件がなければ今も自分は浜松の現場にいるのに。脚が痺れ、座り方を変えたらポケットの紙片が太腿に突き刺さった。癪な紙片を吸い殻入れに投じる。思い直すと回収し、いちど広げ、読めないようにしてから捨てることにする。燃やせたらいいが、ライターがなかった。

仕方なしに、手で千切りに千切る。何も考えられない気持ちだった。この間まで、伊東はカワダ工業に在籍する三十二人の溶接工の中で、最も欠陥率の低い溶接工だった。過去十年にわたり「カワダのエース」で、欠陥率の紙なら皆に見せて回りたいくらいだった。

千切った紙が、いちいち不揃いになる。生身の人間の手は、何て拙いのだろう。途端に申し訳ない気持ちになる。こういうことをするための手ではないのだ。

いま、自分に火のないことが惨めだった。高温を扱えないことが惨めだった。自分一人では、紙一枚きれいに抹消できない。

突風が吹き、四隅《よすみ》を繋ぎ合わせた防音シートが帆のように膨れ、そこに生じた切り傷のような隙間から、おもむろに外の世界が覗けた。「表参道」である。これが、街中の工事現場か。

その隙間から、いま通行人の一人と目が合った。伊東は高さ二十メートルの単管足場の上に立つ。そんな高所から地上の人と目が合うはずがなかったが、どうにも通行人が皆こちらを見ているような気がしてならなかった。檻の中の動物を見るように。繁華街のため人出は引きも切らず、屹立する白い工事用フェンス越しに、数多の頭部が行き交う。

ベルトに引っ掛けた無線機が震え、伊東は我に返った。クレーンのオペレーターからだ。しかし、何を言っているのかさっぱりわからない。懸命に訊き返すも虚しい。広大な現場でもあるまいに、というより十坪あるかないかの狭さなのに、なぜこうも回線の調子が悪いのだろう。

十中八九、今から溶断に入れとの指示だ。そのゴーサインのために、伊東は十分あまりここで待機しているのだ。

「柱の仮吊り完了。もうやっていいぞ」

何度目かの応酬で回線はいきなり絶好調に復し、オペレーターの声は怒号すれすれの迫力となった。伊東も「了解」と、知らずデカい声を引きずったまま返し、背後の溶断装置を振り向き、まずは酸素ボンベの圧力調整器に触れた。二次側の目盛りが〇・四メガパスカルになるまで弁を開放する。アセチレンのほうは〇・〇三メガパスカルまで。二種類のガスが、音も無くホースに通じ始めると、ホースのトグロと吹管《すいかん》を手に、ぽつねんと一本立ちする柱に向かった。

解体するのは地上五階建、南北に二スパン、東西に二スパンの小さな鉄骨造で、五階の柱はこの一本で最後だった。焼け出されたような一本の上には二本のワイヤーロープが今はピンと張りつめ、曇った白い空を太い縦線で割る。

作業位置にしゃがみ込むと、いまいちど振り返り、ホースの配線を再確認した。赤いホースがアセチレンで、青いホースが酸素だ。それらが二匹の毒蛇さながら足場の隅を這う。その五メートルほど先には二本のボンベが設置され、寸胴な赤茶けたほうがアセチレンで、ノッポな黒光りするほうが酸素だ。一定の間隔を空け配置された二本は不仲な漫才コンビのようにも見える。

これは、自分の本業ではない。なおも燻る気持ちを抱えながら、革手袋《カワテ》の右手に吹管を構えた。フランス式の吹管は箸のように手に軽い。長さは五十センチ程度、昔は金色だった真鍮が表面をザラリと覆っている。玩具《おもちゃ》みたいだった。

握り管脇の燃料ガスバルブを開けると、たちまちアセチレンが吹管に通じ始める。

火口に向かってカチッ、カチッ、と、点火具を引くと、その慎ましい火の輪郭を認める一瞬もなく、二度目の点火で着火したアセチレンが、猛然と火口から紡錘形の火を噴く。火が黒く縁取られているのはアセチレンが過剰だからだ。燃料ガスバルブを少し閉めると黒い縁は忽然と消え、くすみのないオレンジ色の火がボーッと唸り、伊東の頬にもじんわりと熱が伝わる。

火だ。とてもわかりやすい火だ。けれど、この火はいつも自分の扱う「火」ではなかった。

次に吹管下部の予熱酸素バルブを回す。アセチレンを酸素で燃やす、古典的なガス溶断である。酸素が加わると二種類のガスが混合管で混ざり、火がガスバーナーの青白さに転じる。末広がりだった形も直線になり、音もシャーッと高音になる。音のみならず、ここに火の温度は確かに上がっており、それに最も近い膝頭がそのことを教える。

ガス溶断するのは数年振りだった。プラントものの配管工事でも毎日のようにやりはするが、そこでもガス溶断は「とりあえず切る」ための手段で、あまり溶接工みずからが吹管を手にすることはない。もっぱら同じ班の配管工か誰かがやる作業だった。伊東は今更のようにしげしげと火に見入った。高専の溶接科にいた頃、この時の火をしきりにライトセーバーに例える同級生がいた。当時は馬鹿馬鹿しいと思ったが、今でも思い出すのは的を射ているからだろう。この不自然に整った火の輪郭に、混合ガスのエネルギーが一点集中する様を見る。数ある燃料ガスの中で、アセチレンは古今東西、現場に最も愛されてきたガスだ。この青白い火は、何より人間のいることを教える。これはアセチレンと空気の燃焼とは違う、アセチレンと純酸素のそれだ。純酸素は人間がひたむきに作るものだから、これは、人間の火なのだ。

　僅かに予熱酸素を増し加えると、火の芯とでも言うべき白い部分が十センチ程度に縮こまり、火全体が安定するのがわかった。伊東はなおも火を見続けた。熱いものが、こうして自分の思い通りになる。少し慰められた。

　片膝立ちから低い体勢になると、シャーとがなり続ける火を柱脚の左側に当てた。鉄鋼を「溶」かし「断」つから「溶断」と呼ばれる。切るのは三五〇×三五〇のH型鋼で、最初に「H」の一方の縦書き部を切り、それから横書き部、最後にもう一方の縦書き部へと進む。十ミリの板厚に対し、五秒ほどはただ一点を予熱する。そこがオレンジ色に変われば切断に移れるサインだ。

たちまち一点が、同心円状に赤らむ。伊東は知らず息を詰めていた。ずっと目に見えなかった熱が、ここで初めて見えるようになる。肌ではなく目で、感覚ではなく視覚で、そのエネルギーの大きさが知れる。伊東はこの時の火が、いったい何度なのかは知らない。知っている、というよりわかるのは、この青白い火が、目の前の炭素鋼の持つ融点よりは熱いということ。それは確かだった。

右手を固定したまま、左手で吹管上部の切断酸素バルブを開ける。すると元よりけたたましかった噴射音が、ここをピークにシーッと攻撃的になる。この間はよっぽど怒鳴られないと呼び掛けにも気づかない。火の刀身がスッと痩せ細り、それは火の透明度が増したから、そう見えるのかもしれなかった。火は「火らしい」ほど「安全」と言える。幽霊のように向こうの透ける火が、最も「危険」なのだ。

鉄鋼を溶かす間、伊東は滅多に瞬きしない。息も最小限に殺す。火が鉄板を貫通すると、その切り口が上下に破かれ始め、切断面から動脈血にも似た火花《スパッタ》が、ただただ無尽蔵に散った。火口と鉄板の距離を一定に保ちながら、機械のように真っすぐ吹管を動かす。あまりに一定のスピードは時間が止まったかのような錯覚を呼ぶ。鉄板が横へ横へ溶け出す様は、火から必死に逃れるようにも、火に従順に道を譲るようにも見えた。

それにしても、眩しくうるさかった。せいぜい半眼になるも、大して意味はない。溶接マスクの真っ暗な視界に慣れた目には、透明な安全ゴーグルが却って無防備に思える。こんなことを続けていると、もう本業には戻れない気がする。

何て原始的な作業だ。あまりにやっていることが野蛮だ。そう思った時、誰かが見ている気がした。

いま、吹管の先端《ヘッド》に誰かが映った。そこだけメッキが施され歪な鏡になるのだ。その引き伸ばされた顔は、やはり判然としない。もちろん伊東は振り返らなかった。いま自分は火を扱っているのだ。

最後の十センチに差し掛かった時、吹管の動きに邪魔だったため、鉄骨の梁にあった右脚を足場の通路側へ開いた。すると安全帯《フルハーネス》のベルトが太腿のつけ根に食い込み、そこに引っ掛けていたフックがカランと下に回り落ちた反動で、身体が僅かに揺れた。それでも伊東は吹管の軌道を守った。身体がブレても手許がブレるのは駄目だ。

なおもフックが揺れる中、溶断は終わった。三つのバルブを決められた順番で閉め、途端に耳がシンと別物になる。色を変えた切断面は、刻一刻と常温に戻った。それは歯形のようにギザギザと醜い。こういうガス溶断に端正な仕事は無理だ。

わかっちゃいたが、伊東は目を逸らした。本当は別にブレたっていいのだ。要は切れてりゃ何だってよく、こういう作業に上手いも下手もない。本当に真っ直ぐ切りたければ添え板《ガイド》を使うし、足場も今より一メートルは下に設置して貰い、もっとマシな作業姿勢を確保するだろう。所詮はビル解体だ。壊す作業にそういう手間はいらない。

伊東はあえて、振り返らなかった。あの「誰か」は鳶工だったのだろう。それか火の影が、たまたまそう映ったのだ。

いまこの瞬間も鉄鋼は冷める。安全帯の命綱《ランヤード》をつけ替えると、続けて「H」の横書き部を切断するために、同じ柱を右に回り込んだ。

夕方、同僚の村上から電話を受けた。

「いまどこにいます？」

「駅」と答えようとしたら、先に「渋谷駅ですか」と訊かれた。なぜわかったのかと驚いたが、ホームのアナウンスが洩れ聞こえたらしい。

「お出かけですか。うらやましい限りです」

お出かけではなかった。ビルの解体現場から帰るところだ。しかし、そうは言わなかった。

村上は昨日から浜松の現場にいる。伊東の尻拭いのために急遽そうなったのだ。浜松と言っても新幹線の最寄り駅に過ぎず、実際の現場は臨海部の何もないところだ。自分らの職場はもっぱら工場地帯と決まっている。周囲にこれといった施設はないし、だいたい遊ぶ場所もない。

「マキさんをあの健診の病院に連れてってくれませんか？」

マキさん。懐かしい名前だった。同僚の牧野のことで、もう六十近い大ベテランである。溶接工は半年に一度、溶接ヒュームの特殊健康診断を受けに行かなければならない。この溶接作業中に発生する金属蒸気《ヒューム》が特定化学物質に加わったのは数年前のことだ。特殊健康診断とあって受診できる病院は限られており、カワダ工業の契約する病院はなぜか八王子にあった。

「もともと自分が約束してたんですけど、こうなっちゃったので」

遠慮なしに言う。

「そんなの自分で行けばいいじゃん」

牧野は自分の車を持っていたはずだ。わざわざ連れて行く意味がわからなかった。

「マキさん、この前ガードレールに突っ込んだんですよ」

「え、そうなの？」

「知らなかったんですか？」

初耳だった。そもそも村上のように牧野と懇意にしているわけではないし、同僚のアレコレもいつも伊東は最後に知る人だった。

「何で」

「さあ。ただの不注意でしょうけど、本人はショックだったみたいで。もう運転しないことにしたそうです」

ならタクシーでも使え、が本音だったが、伊東に断る権利はなかった。

「いつ？」

「明日の六時にマキさん家《ち》の前」

「え、それは無理だ」

あのビル解体の現場は午後五時半に終業である。絶対に間に合わない。

「何でです」

いまの現場が……と言おうとしたが、自分がガス溶断の仕事をしているとこの同僚には知られたくなかった。なら私用が……と誤魔化そうとするも、それも不自然だった。本来なら自分はあと三か月はその浜松の現場にいるはずだったのだ。私用もクソもあるか。最終的に伊東は引き受けた。

「ついでに伊東サンも受けたら？」

いまはヒマでしょ？　うるさいと思ったが、確かに前回の受診から半年が経とうとしている。誰かに呼ばれたらしい、村上はいきなり電話を切った。間際、人払いのホイッスルが聞こえ、配管の上架作業中だったことを知る。現場から掛けていたのか。あの現場はいま追い込みも追い込みだから、連日のオーバータイムだろう。工事業者にとって、納期厳守は命なのだ。

翌朝、所長が出勤すると、伊東は早退する旨を告げようとした。早退と言っても一時間だけだ。ところが別件で伝え損ねてしまった。

発端は伊東が前日に意見したホースだった。ガス溶断に用いる備品はこの現場を預かるU池建設が手配したものだったが、一体いつから使っているのか、これが著しく劣化していたのだ。気のせいか、と不安を覚えながら酸素のホースを曲げてみると、それは僅かな力で大袈裟に変形し、その最も曲がりの急な箇所には幾筋もの亀裂が顔を出した。このままだとみるみる亀裂が深く長く切り込みそうだったので、慌てて元に戻した。

U池は老舗の中堅ゼネコンである。今回は身内で溶断工を手配できなかったため、伊東が派遣されたのだ。

「ちょっと古いけど、今日のところはソレ使って」

昨日は初日だったこともあり、伊東はその日ハジメマシテの所長に従った。ここだと伊東は「一見サン」で、あまり大きな声で意見を言える立場ではない。何も見なかったことにしようとしたが、しかし、いちど目にした亀裂の衝撃は去らず、こんなアブねえホースで火気作業できるわけないだろ、との憤慨が最後は上回った。燃料ガスのアセチレンが危険なのは当然ながら、酸素、とりわけ純酸素ほど世に取扱注意な代物もない。交渉の末「明日交換するから」となり、なら今日一日だけだと伊東は妥協した。

が、ホースは昨日のままだった。今日もオンボロホースを使うと思うとゾッとせず、早退も牧野も頭から飛んだ。詰所でコンビニのパンを食う所長に頓着せず「あの、ホースのことですけど」と、伊東は切り出した。

「あれじゃ駄目なの？」

所長は見るからに迷惑げだった。

「きのう交換すると言いませんでした？」

「言ったけどさ……」

他の現場では問題なく使っているという。

「でもホースに亀裂が入ってるのは不味いでしょ？」

伊東は食い下がった。ふだん自分の出入りするプラントものの現場では、絶対にこういう備品は使わない。

「あのねえ、新設のどえらい工場と解体の現場を一緒にするなよ」

「危ないものは危ないですよ。新設とか解体とか関係ないでしょ」

「ああいうところは違うの。ここはああいう一流どころじゃないから」

諭すように言われ、伊東は引き下がった。自分が間違っているとは思わなかったが、確かに自分はずっとプラント畑だった。むしろ「普通の」工事現場を知らない。

しかし、約束を反故にされたのは許せず、このまま帰ろうかと思った。約束以前に自分にこういう道具をあてがうことが許せない。数千度の熱を扱う火気作業者をいったい何だと思ってる。仮にいま自分が溶接工で、それも欠陥率がコンマ一を切るようだったら迷わずそうしていただろう。そういう溶接工に怖いものはないのだ。自分が抜けると言ったら皆が慌てる。

いまはそうではなかった。カワダの看板に泥を塗ることも恐れた。和解らしい和解こそなかったが、伊東は初日のホースを以後も使い続けることになった。ガスを通すたびひとり肝を冷やし、こんなに屈辱的なことはなかった。

「H」の三つの線を切断すると、柱は完全に上下に切り離された。いちど吹管を足許に置き、慎重に立ち上がって「終わった」と、同じ階にいる鳶工に合図を送ったが、鳶工は吊り具《シャックル》の点検中で気づかない。もう一度よび掛けるも表の交通音にあえなく遮られる。地上の喧騒は防音シートの内部、それも高所にいても、実によく聞こえるのだ。カン高い口笛を吹いたらはっと鳶工は気づき、たちまち介錯ロープを手にスタンバイした。

伊東は柱から離れなければならなかった。吹管とホースを抱え、一歩、前に進む。すると足場の手摺パイプに掛けたランヤードのフックが、散歩する仔犬のように、シャーと後からついて来る。メッキのパイプにアルミのフックが擦れる、薄っぺらい音が立つ。もう一歩、前に進む。すると今度はランヤードがピンと張り、これ以上は進めなくなった。フックが手摺パイプと手摺の縦材が交差する箇所で引っ掛かったのだ。

こういう時、高所作業者は「二丁掛け」を行う。一つの安全帯にランヤードは二本あり、ランヤードAが引っ掛かった時、Aを外す前にBを別の場所にフックするのだ。AはBをフックするまで外してはならない。先にAを外したり、そもそもBを使わずAを次の場所にフックしたら、そのかん無胴綱状態になる。一瞬でもそうなったら問答無用の不安全行動だ。

正直、面倒臭いと思う。Aをそのまま次に渡したほうが遥かに効率的なのだ。周囲に誰もいないときは特にそう思う。それでも現場を二十年もしていると、二丁掛けはもう肌に染みついた動作だった。そのはずだった。

三歩ごとにランヤードを掛け替えながら、嫌でも浜松の一件が胸に思い出された。

昼に牧野に電話するも、繋がらなかった。思わず舌打ちしたが、幾らもう何年も会っていないとは言え何も連絡せずすっぽかすのは気が咎める。村上にもやると請け負っている。

それに、あまり好きな言い方じゃないが、牧野は謂わば「師匠」だ。伊東が新米だったころ後について回ったのが牧野だった。とりわけ教え方が上手いわけではなかったし、親分らしい性格でもなかったが、一つ言えるのは、自分はいつもあの人の端正な溶接線を見てきた。

詰所に戻ると五人の作業員がいた。鳶工が一人、足場工が二人、表の誘導員が一人、いずれも置き畳で昼寝している。他の者は昼飯に出ていた。ここは周囲に幾らでも食う場所がある。

「あんたホース取り替えろって、所長と喧嘩したの？」

クレーンのオペレーターが、スポーツ報知を見たまま伊東に訊ねる。ヘルメットがU池のロゴではないから伊東と同じ他所《よそ》から来た者だった。重機屋に専属のオペレーターだろう。

「別に喧嘩はしてない」

「本当に嫌なら寝っ転がればいい。そしたら新品が来るよ」

「そうなの？」

「だって溶断工がいないと解体が進まないだろ」

伊東は置き畳のほうに移動すると、着用したままだったヘルメットを脱ぎ、癖のついた頭髪をガシガシとやった。詰所の薄い壁越しに、誘導員の掛け声がひっきりなしに聞こえる。申し訳ございませーん。ご迷惑をお掛けしておりまーす。朝はこれに、おはようございまーす。いってらっしゃいませー。が加わる。高所にいても、この掛け声ははっきりと届く。

「ここは狭いんだよなあ」

オペレーターが零す。やり切れないのは伊東よりこの人かもしれなかった。一方通行の公道をデンとコマツの青いクレーンで占拠している張本人なのだ。

「やりづらいったらありゃしない。本気だせばこんなの一週間も掛からないのにな」

本気を出せれば、だ。この現場は三日で一フロアを解体する工程で、そのため十五日、すなわち三週間を要す。これをトロいとする向きもあるかもしれないが、この保守的なスケジュールは何より敷地の狭さに起因する。ここには周囲に自由に使えるスペースが一平米もないのだ。

一般に工事の難易度は周囲の「空き地」の面積に反比例する。敷地に余裕があれば、作業はずっと楽だ。例えば鉄骨切断機を動員できるだろうし、そしたら足場は今の半分も要らず、作業員がよちよち高所を徘徊する必要もない。手っ取り早い転倒工法でもいいし、発破《ダイナマイト》でもいいのだ。現実はそうはいかない。部材を一本ごとに手作業で切り、それを粛然と公道に下ろす。クレーンの稼働音が周囲の冷ややかな視線を集める。

ふだん自分の出入りする工場地帯の現場なら、そういうことはない。どこにも防音シートはないし、誰に頭を下げる必要もない。もちろん自分を見世物の動物のように感じることもなかった。着任二日目にして、伊東は自分の本来の職場が恋しくなった。

所長が戻り、日高屋のにおいと共にドカッと椅子に座る。安全靴を脱ごうとしていた伊東はそのまま仰向けに狸寝入りした。やはり着用したままの安全帯が背中に食い込む。

「どうします、降ってきたら戻します?」

オペレーターが所長に問う。そうだ、雨が降るかもしれない。はっと顔を横に向けると窓から白い空を見た。しかし、降ったとしてもこの現場の「雰囲気」は知らない。とっとと「本日は作業中止」とする判断もあるし、多少の雨なら続ける判断もある。この所長はどうだろう。どのみち自分は火を使うから雨だと真っ先にお手上げになる。

「どうすっかなあ」

オペレーターの意図は、雨で作業再開の見込みがないのなら、使わないクレーンを所在なく鎮座させておくのは邪魔なだけだという話だった。オペレーターにしても公道のド真ん中で作業するのは嫌なのだろう。高所から漫然と見下ろすだけの伊東とは違い、通行人の迷惑げな顔が運転席からはありありと見える。

「降ったときに決めよう」

「そうしますか」

「今日はあと三本はバラしたいなあ」

目を閉じると誘導員の声が一層よく聞こえた。申し訳ございませーん。ご迷惑をお掛けしております。申し訳ございませーん。伊東は身動《みじろ》ぎもしなかった。

午後、その日四本目の柱を吊り上げたところで、空気に雨のにおいが混ざり始めた。

甲高いホイッスルが鳴り渡った時、六メートル弱の柱は既に浮き上がっており、鳶工のホイッスルに応援されるように、みるみる高度を上げ増す。地上に下ろすのに一度吊り上げるのは、高さ二十五メートルの防音シートを跨ぎ越すためだ。刻一刻と天へ遠ざかる「荷」は、うっかり手を離した風船を彷彿とさせた。介錯ロープはあるタイミングで鳶工の手を離れ、後は金魚の糞よろしくダランと脱力し、僅かな向かい風にも律儀に先端がなびく。

高度を極めた荷が一時停止すると、クレーンの巻き上げ音が途絶え、ホイッスルもピタリと鳴り止んだ。いっときの沈黙の後、先程とは異なるエンジン音が鳴り、その後、荷は恭しく防音シートを越えた。すると、今度は地上が俄然ピイピイ騒がしい。すいませえん、すいませえん、と、二人の誘導員が懸命に声を張り上げる。ここに地上の緊張がいや増すのは、他でもない公道の真上での荷下ろしだからだ。

荷が防音シートを越える前、クレーンのエンジンが切り替わったのは、腕《ブーム》を旋回させる代わりに伸縮させたからだ。普通はブームの長さは変えず、旋回で以《もっ》て荷を取り回す。オペレーター曰く「このクレーンは旋回する時に大音量を発する」から、僅かでも静かなように、わざわざブームを縮めたのだ。この不自然なクレーンの動作に伊東は何とも言えない気持ちになった。自分たちは、ここまで卑屈なのか。こちとら好きで鉄骨をバラしているのではない。

　フザけんなよお、と、激怒する声に、伊東ははっと手を止めた。

　ホースを巻き直していた伊東は、それが地上の声だと咄嗟に気づかなかった。自分に言われたのかと思った。

　防音シートの切れ目まで移動すると、そこから開かずの踏切さながら通れない人びとが見える。荷下ろしの間は何人《なんびと》も通行不可になるのだ。クレーンに加え、今は搬出用のトレーラーもスタンバイし、長物のトレーラーなどは胴長も胴長、それが表通りへ抜ける切り返しを最小にする位置に停車しているのだから、なるほど邪魔この上ない堰き止めっぷりだった。確か「マルセーユ通り」とかいうのだ、あの通りは。従来「マルセーユ通り」は駅に出るショートカットらしく、ショボい道幅の割にやたら人が通った。このビルを潰すのも「市民のより円滑なアクセスのため」という再開発の大義名分を思い出す。

フザけんなよお、を発したのは人びとのいずれか、いま誘導員に次の怒号を浴びせた野球帽のあいつだ。どう誘導員がいなしているのかはわからないが、野球帽が誘導員に殴り掛かろうとすると、アッと群衆が身構え伊東も息を呑んだ。あいつは正気なのか。相方の誘導員が駆けつけ暴力沙汰にはならなかったものの、いぜん言い争いは続く。

やり返せよ、と、伊東は拳を作った。それか、ああいうやつはもう通しちまえ。何が起きても自己責任だ。自分たちは、何も「フザけ」てなどいない。

荷が着座するとワイヤーロープは弛み、途端にホイッスルの大演奏も終わった。直接トレーラーの荷台に降ろすのは、その一本を仮置きするスペースすらないのだ。さらに通常なら一度に複数本を搬出するが、この現場だと一本ごとにトレーラーが往復するのだから泣ける。幾ら仕事とは言え、これで喧嘩を売られるのが街中の工事現場だった。

頬に水が流れ、はじめ伊東は自分が泣いたのかと思った。振り仰いだときには既に点点と雨粒が落ちてきた。上って来たばかりの足場工が、あーあ、と潔く引き返す。高所に慣れた者でも、いや慣れているからこそ雨に濡れた足許は忌避する。一気に強まる雨脚の中、伊東は溶断装置を急ぎ用意のブルーシートで覆った。梯子に足を掛けた頃にはヘルメットの縁が雨樋と化していた。

「さっき変なのいましたね」

「いたね。ちょっと酒臭かった」

詰所には誘導員の一人を除き、全員が集合していた。けっこう強い雨だ。誰もが「本日は作業中止」の一言を待ち待ち既に帰り支度万全の者もいる。肝心の所長は電話中だった。

「またああいうのが来たら通報しましょう」

「そうだね」

オペレーターの忌忌しげな表情に対し、誘導員は仏のような微笑を湛えながら黄色い雨具を羽織った。きっと同じ顔で応対したのだろうと伊東は目を逸らした。

所長が「今日のところは解散」と告げたのは、午後三時だった。伊東は詰所の窓から再び外を見た。あたかも「もう運転しない」牧野が降らせた雨のようだ。

お先に失礼します、と、パソコンで日報を書き始めた所長に会釈すると、伊東は雨天下に出た。通行人の一人として歩きながら、ここから防音シートの隙間は見えるかとふと立ち止まった。

　どこにも隙間はなかった。解体現場はピタリと防音シートで覆われ、中からだとはっきりわかる隙間がここからだと見えない。予想外の光景に伊東は愕然とした。けれど、自分は何人もの人と、確かに目が合ったのだ。何人もの通行人と、あそこから睨み合ったのだ。


　三時間後、伊東は自車の運転席にいた。案の定首都高は混みに混んでおり、こりゃ電車のほうが早かったんじゃねえの？　と、コメントされたときには伊東も全く同じことを考えていた。

「前の社長が八王子出身なんだよね」

「ああ、そうなんですか」

「もともとカワダ工業もあっちにあったんだよ。前の社長がこっちに家かったからさ
「……」

牧野はカワダ工業の最古参で、現場溶接歴は四十年以上にもなる。稀有な熟練工ながら身長百五十センチと小柄な人で、きちんと助手席に収まる姿は少し子供のようにも見えた。

「間に合うかな」

「たぶん大丈夫です」

「いきなり悪いね」

「いや、自分も受けます。きのう電話したら予約とれました」

最後に牧野と同じ現場になったのはいつだったたか。ここ数年は接点がなく、伊東は牧野が前線を退いたのだと思っていた。工場溶接とは違い、現場溶接はやはり体力的にきつい。牧野ももう還暦だから、全然おかしな話ではなかった。しかし、これから溶接ヒュームの特殊健康診断を受けるということは、まだ溶接仕事から完全に足を洗ったわけではないのだ。

「牧野さんは、いまどこの現場に?」

「あれだよ、ビルの現場だよ」

ビルの現場という言葉に伊東はドキリとした。

「ビルの解体現場？」

「いや、新しいビルの現場」

牧野は何のこだわりもなしに答えた。ここに言う「新しいビルの現場」とは、躯体工事の終わったビル内部の配管敷設を指す。伊東は軽いショックを受けた。あの牧野サンが「新しいビルの現場」かよ。いまは自分も同じ状況にあることに気づき、さらに愕然とした。

「健診はこんど定修の現場があるから」

定修とは既設プラントの休止期間中に腐った配管を取り換えたり洗浄したり改造したりする定期修理《メンテナンス》だ。だいたい数週か数日の短期だが、それなら配管溶接はするだろう。

「お前はいまどの現場にいるの？　今日はたまたま東京《こっち》にいたの？」

伊東は何と答えようか迷った。できればいまの状況は隠したい。まだまだ渋滞は終わりそうになかった。

先週まで伊東のいた現場は俗に言う東海工業地帯の際《きわ》にあった。愛知との県境に近かったが、空気の澄んだ日には遠目に富士山が望めた。

カワダ工業の創業は一九六〇年代後半、当時から一貫してプラントの配管工事を請け負ってきた。一口にプラントと言ってもさまざまだが、カワダ工業が乗り込むのは主に化学プラントか発電プラントだ。今も昔も自社工場は持たず、売りにするのはもっぱら現場溶接の腕だ。最盛期には百人もの溶接工が在籍していたという。

その日も伊東は組立中のボイラーの階段を上った。目的の蒸気ドラムはボイラー架構の天辺にある。竣工時にはエレベーターが設置されているが、工事中にそんなものはない。

「ここの元請は段取り悪いっすよねー。あっちに行かせたりこっちに行かせたりするから」

それには同意する。蒸気ドラムに取りつく主蒸気管は十二本あり、その現場溶接は本来ならとうに終わっているはずだったが、メーカーの工場製作が遅れに遅れ、残りの四本を残し一度撤退したのが今から二か月前の話だ。元請は作業場所をコロコロ変えても作業員が動けばいいだけだと考えているのかもしれないが、配管の現場溶接はそれほど簡単な話ではない。アーク溶接には溶接機が必要で、発電機が必要で、後熱処理装置が必要で、サーカスとかプロレスの巡業ばりに大掛かりなのだ。

「いきなりザイリョウ来たって言われてもね」

一端《いっぱし》にクレームするのは配管工の戸田だ。安全帯を着け、溶接棒の入ったホルダーを持ち、仮止め治具《じぐ》の鋼材を担ぎ、各種工具を背負い、一度として手摺に触れず、ベラベラ文句を垂れながらズンズン階段を上る。油断すると置いて行かれそうだった。

伊東は短い相槌を返した。同じ荷物を抱える伊東は一気に十階も上ると息が上がり、しぜん手摺を摑み、腕の力に頼ろうとする。伊東も同年代に比べれば遥かに体力のあるほうだが、この前まで高校生だったやつには敵わない。溶接自体とは関係ないが、これも含めて現場溶接工だ。

地上五十メートルの見晴らしは、いいに決まっている。上がった息を殺しながら、伊東は東のほうを見た。周囲にここと似たような火力発電と、エチレン製造施設と、さらにポリエチレンだかブタジエンの製造施設がある。それぞれの冷却塔から猛然と白い蒸気が上がり、ときどき煙突《フレアスタック》から不完全燃焼の黒煙が流れる。伊東はこういう光景が好きだ。人間の生きていることが、あまりに具体的にわかる。

「うわ、めっちゃ足場ありますよ。どうします？」

蒸気ドラムは長さ十メートル、直径二メートルの横に倒した円柱型だ。蒸気ドラムに限らずボイラーの部品はどれも錆止めの赤褐色を呈し、テニスのクレーコートさながら触れるとザラついている。

「元請に連絡しますか」

伊東は戸田と蒸気ドラムの下腹を覗き込んだ。今日から着手する残りの主蒸気管は、蒸気ドラムの斜め下に取りつく。一日一本として、都合四日の作業日数だ。確かに作業場所の周囲は足場のジャングルで、かなり邪魔なところを単管が横切っている。元請の仕事は下請の業務調整なのに、まるでできていない。

前にも同じことがあった。連絡しても足場は盛り替えられないだろう。とても最適な作業環境とは言えなかったが、もとより現場作業とはこういうものだ。伊東は「やろう」と言った。

「でもやりづらいでしょ」

戸田は既に無線機で元請の配管工事担当を呼び出していた。珍しいことにたちまち応答があり、足場の件を伝えると担当の山崎は「ああ？」と憤慨した。

「人一人くらい入るスペースあるだろ」

「狭すぎますよ」

戸田があたかも自分が溶接するかのように返す。

「そんなのいきなり言われてもねえ。そういうのは事前に現地みて、一週間前には連絡して貰わないと」

「ええ？　自分らザイリョウ来るって言われたの昨日ですよ？　山崎サン覚えてます？　そんな段取りするヒマなかった」

伊東が思うに、戸田は作業員より監督むきだ。ずいぶん弁が立つ。

「そんな言い訳されてもねえ。これだから下請っつーのは……」

「言い訳じゃないです」

「もういいよ」

いつもの不毛な言い合いになりそうだったので、伊東は戸田を制した。戸田はしぶしぶ無線機を切った。

「伊東サンは甘いですよ。だから元請がつけ上がる」

「もうやったほうが早いじゃん」

戸田は呆れたが、ハイハイと下準備に入った。キャンバス地の袋から研磨機《グラインダー》と砥石《ディスク》を取り出す。そのころになりやっと伊東の脚から階段を上った疲れが抜けた。

足場を潜りつ跨ぎつ擦り抜けつし、伊東は何とか作業位置に立った。手近な足場に安全帯のフックを噛ませる。目の前には溶接する前の宙に丸い円を描く六インチ（十五センチ程度）配管がある。片膝立ちになるとグラインダーの電源を入れ、寝そべるように屈んだ。

配管溶接ではまずこの開先《かいさき》と呼ばれる配管の縁を、溶接できる状態まで加工する必要がある。具体的には「V形」にする必要があり、こうすると配管の内部まで入熱しやすくなるのだ。炒める前にソーセージに切り込みを入れるようなものだ。

この開先加工は戸田が溶接工志望であれば、戸田にやらせる作業だ。しかし戸田は

「自分に溶接は無理」だという。「何か怖い」のだそうだ。数ある工種の中で、溶接工は格段に実入りがいいし、何より現場の花形だから、昔は皆こぞって溶接工になりたがったものだ。そう簡単に誰でもなれるわけではないから。

開先加工の間は、いつも新米だった頃を思い出す。伊東も二十でカワダ工業に入り、最初の三年はひたすら雑用と開先加工だった。やっと仮づけ溶接を任されるようになってからも、なかなか本溶接はさせて貰えなかった。

ディスクの高速回転するグラインダーを、配管の下縁に当てる。これはその辺の薄っぺらい炭素鋼ではなかった。この摂氏五百五十度、圧力三十メガパスカルの高圧蒸気の通る道は、肉厚二十五ミリのクロムモリブデン鋼だ。配管の壁が親指の腹くらいある。

縁を削ると錆止めの赤褐色が剥がれ、クロムモリブデン鋼の持つ本来の色が現れる。目にも重量を感じさせる艶っぽい銀だ。このクロムモリブデン鋼は特に「キュウクロ」と呼ばれ、質量比にして九パーセントのクロムを含む高級材料である。プラント全体を見ても、これが使われるラインはほんの一部分だ。

スパッタが左右の接線方向に弾け、生まれた傍からあっさりと消える。指定の開先角度は三十二・五度、許容誤差はプラマイ二・五度だ。削り心地で特別な配管であることがわかる。めっぽう手に硬く、普通の炭素鋼のようにスイスイとはいかない。鉄粉にまじる血のにおいも薄く、それより合金《アロイ》特有のある種の甘ったるいようなにおいが漂う。

　やはり新米だった頃、こういうタフな配管を相手にすると、こんなペーペーの自分よりよっぽど価値があるように思え、削りながら萎縮していたものだが、その実感は、今もあんまり変わらない。この配管は、人間が触れたら死ぬ高圧蒸気を何食わぬ顔で通すことができる。その材質と分厚さで、血のように高圧蒸気を火炉《ファーネス》に送り、それが最終的に蒸気《スチーム》タービンを回す原動力になる。腹がヒリヒリした。自分が仕事で相手にするものは、そのまま自分のことだ。それは自分の力量で、自分の職能で、自分の価値のことだ。

　削った縁が鉄粉の小山になり、配管の下部に刻一刻と積もる。二時間後、最後の上縁を終えた伊東はグラインダーの電源を落とし、その小山を払った。シンとした耳の傍で自分が息をしていた。

「そろそろ呼びますか」

「呼んで」

戸田が他班の応援から戻ったところだった。本当は一人作業は禁止だが、工事業者はいつも人手不足だ。

再度グレーチングの床に仰向けになると、ゲージで開先角度を測った。全周にわたり厳密にそうした。ここまで通常はしないが、この配管は「マルG配管」こと溶接事業者検査対象配管で、溶接する前の開先を検査記録として役所に提出しなければならない。万一ここから流体が洩れたら大事故を招く。

動作のたびにグレーチングの格子が背中に当たり痛い。ひととおり確認すると、伊東は配管と、必要以上に晴れ渡った空を見上げながら、そのまま放心した。ちょっと手首が疲れた。これからが本番なのに。

「伊東サン水のみます？　熱中症対策」

「いいや」

夏の盛りだった。高所で尿意を覚えると厄介だから、伊東は地上に下りるまで昔から何も飲まない。いちど始めた溶接は、おいそれと中断してはならないのだ。

むかし、一向に開先が揃わず牧野に怒鳴られたことがある。結局その日のうちに牧野が溶接に入れず、二人で日曜出勤したのだ。

「昔はヤスリで削ってたんだぞ」

その真偽のほどはさておき、牧野はゲージを開先に当てるなり首を横に振った。そこが甘いだろうと最初から見抜いていたようだ。

「上からやる馬鹿がいるか。下からやれ」

こういうのはやりづらいところからやる、当たり前だろ。許容誤差内でも牧野は許さなかった。温厚なほうだが牧野は何も人道家ではない。あまりに不出来だとおっかない職人にもなる。溶接の出来は半分は溶接工の腕、あとの半分は下準備で決まるとはもう幾度となく言われていることだった。

お前さあ、時間かかり過ぎだろ。牧野は呆れ果てた。あれは、いったいどこの現場だったか。今から何年前の話か。あのときも異様に空が晴れていて、それが、伊東の不甲斐なさを煽った。

「伊東サンっ」

はっとすると、蒸気ドラムの向こうに戸田がいた。隣に元請の検査員もいる。伊東は慌てて立ち上がろうとした拍子に頭を隣の配管にぶつけた。ヘルメットの内部は半分が空洞のため、痛くはないが嫌なものだ。直立すると、ややあって血が正しく巡り始めた。

やけに早いじゃないか、とは言わないが、伊東は黙って検査員に検査させた。ゲージで決められた十二か所を測り、同じ箇所をバシャバシャ写真に収める。この何百と繰り返してきた光景を伊東は漫然と眺めた。

「伊東サン、でしたっけ？　いやあ、いい仕事されますよね」

検査員は、チラと伊東のヘルメットを見た。そこに「いとう」と書いてあるからだ。この現場の配管敷設は八か月の工程で、四か月目の中盤になれば、検査員に顔を覚えられるのは普通だった。特に伊東は集中的にマルG配管を任されている。伊東自身はいちいち検査員の顔を覚えていなかった。

「わたしも検査が長いですけど、これほどきれいな開先はなかなかないです。機械《マシン》で削ったみたいだ」

検査員はしげしげと開先を見回した。

「開先加工って一度溶接したらもう見えなくなる仕事じゃないですか。でもこれが重要なんですよね……」

ときどき仕事を褒められることはあるが、何か、嫌な予感がした。この現場の検査員は用事が済めば皆とっとと帰るからだ。

「あの、伊東サン」

検査員は戸田が他班と無線で応酬を始めると、やおら声を落とした。伊東は固まった。

「前のマルG配管で……あのタービンの、復水器の脇を通る十二インチのやつあったでしょ」

「ああ」

そんなのありましたね、とばかりに応じたが、はっきり覚えている。

「あの、先週あたりに溶接された」

「ええ」

四日前の七月二十日の午後だ。

「あれ、不合格《フェール》でした」

「えっ」

伊東は大声を出した。ここ数年で最も大きかった。せっかく検査員が配慮したのに、ぎょっと戸田が振り返る。無線ごしに皆にも届いただろう。

嘘だろ。と、言おうとしたが、出てこなかった。

「まだ知らないですよね」

「……」

この検査員が、途端に悪魔に見えた。

「放射線透過試験《レントゲン》で？」

「ええ、溶け込み不良がありました」

「……」

「あとアンダーカットも」

アンダーカットだと？　内部欠陥の溶け込み不良はまだしも、溶接線の幅が足りないアンダーカットは外部欠陥だ。パッと見で知れる。それを自分が見落としたのか？
信じられなかった。

「見ます？」

見ます？　伊東は目を剝いた。

「いまフィルムあんの？」

「いや、いまはないですけど事務所に戻れば……」

検査員は怯んだ。レントゲンは溶接後に欠陥の有無を調べるために行われるものだ。特に問題がなければ溶接工はいちいち結果など見ない。

「あの、ちょっと言いづらいですけど、実は伊東サンの溶接で、けっこうギリギリの判定が、これまでにもあったんです」

え……。言葉もなかった。けっこうギリギリの判定が、これまでにもあった？

「わたしから言うことじゃないけど、こういうのは誰も言わないだろうから、お伝えしたいと思って。他意はないですよ。ただ最近はいい職人も少ないので、長く続けて貰うには、こういう情報共有も必要だと思って」

だから来るのが早かったのか。伊東は納得し、すると、この検査員は優しいのだとわかった。検査員はただ検査すればいいのであって、わざわざ「こういうの」を作業員に伝える義務も義理もない。けれど、失せろと思った。とっとと消えろと思った。そう口にしたわけではなかったが、言うことを言うと検査員はむしろ淡淡と帰った。

「えー、伊東サンがフェールですか」

あの十二インチはやり直しだ。いちど切って、開先加工して、とにかく一からやり直す必要がある。伊東は呆然とした。やり直しなどほとんど経験がなかった。あっても設計ミスによる変更か、他の溶接工の尻拭いくらいだ。

「まあまあ、そんな大袈裟ですよ。俺が言うのもアレだけど、現場溶接ってそういうもんでしょ。どんなに上手い人でもフェールするときはするでしょ」

現場溶接工は、常に欠陥率を管理される。屋外だとどうしても無理な作業姿勢や悪天候により確率的に欠陥率は上がるからだ。特に、こういう配管溶接ではアーク溶接の中でも「ティグ溶接」を行う。ＴＩＧ《タングステンイナートガス》にちなむ「ティグ」は、作業中に不活性《イナート》ガスを使うため、めっぽう風に弱い。少しでも風が吹くと欠陥の温床になるのだ。

現場溶接の欠陥率は俗に三から五パーセントと言われるが、カワダ工業では一・五パーセント未満を溶接工に求める。それを超えると呼び出しを食らい、一年以内に改善がなければそのまま解雇される。伊東も過去に技量不足で去る同僚を七、八人は見てきた。これは業界的にも過剰要求と言えるが、それでカワダ工業は今日まで食ってきている。売りにするのは今も昔も現場溶接の腕だ。ちなみに屋内の工場だと欠陥率はコンマ五前後に下がる。優秀なところだとコンマ一を叩く。

だから、戸田の言うことは正しい。どれほど優秀な溶接工でも条件が悪ければ欠陥は出る。伊東の過去二十年の欠陥率にしても毎年ゼロだったわけではない。

誰にでも調子の悪いときはある。人間なら凡ミスを犯すこともある。そう自分に言い聞かせた。そうするしかなかった。

三日後も伊東と戸田は同じ場所に来た。天候は晴れ、しかし今朝は海風が強い。最後の四本目の開先加工を終え、戸田が配管に巻きつけたチェーンブロックの鎖を引き引き配管を所定の位置に合わせる。五百キロ強の配管がジリジリと蒸気ドラムのノズルに皆既日食のように寄る。

伊東はせっせと風除けを作った。ティグ溶接は溶けた鉄鋼を酸化から守るアルゴンガスを絶えず供給しながら行う。それが風で飛散しないようにするのが風除けの役目だ。と言っても防炎シートを番線で括るだけの簡易テントのようなもので、三十分もあればできる。一口に溶接と言えど、デリケートなティグ溶接には他の手法ならいらない手間が掛かる。それだけ他の手法にはできない緻密な溶接線になるのだ。

下準備が済むと、戸田は他班の応援に行った。伊東は接地《アース》を取ると、アルゴンガスのホースを開先に入れ、中の空気が追い出されるのを待った。そのあいだ溶接機の電源を入れ、電流《アンペア》出力を弄る。昨日は無風だったが今日は風があるため僅かにダイヤルを上げた。最後にヘルメットに外づけの溶接マスクを嵌める。ティグ溶接は両手を使うため片手で持つ仕様の溶接マスクは使えない。

向かい合わされた配管とノズルの前にしゃがむ。Ｖ形に加工された開先は見るなり指が切れそうだ。その表面に鋭く息を吹き、目を凝らし、塵一つない様を見る。ここに不純物があったら全てが台無しになる。

トーチを持つ右手を丁寧に回す。左手にホルダーから抜いた長い溶接棒を持つ。しばし、動悸を鎮めようとした。いつも通りにやるだけだ。あの検査員のことは忘れろ。まずは、仮止めの点づけ溶接を行う。六インチなら九十度ずつ四か所に施す。時計の六時方向、配管の下端に両手を構えると、素早く頭を縦に振って、その反動で、庇の位置にあった溶接マスクを顔前に下ろした。

あの検査員が現れた日の夕方、伊東は急ぎカワダ工業の現場事務所に向かった。フェールの件で、正式に直しの指示があるはずだった。

元請の日報会議から戻った工事長は「え？」と言った。

「フェール？　そんなの知らねえよ？」

そのまま「おおい」と、品質管理責任者を呼んだ。

「え、お前フェールしたの？　いつ？　どこ？　どれ？」

伊東はたじろいだ。まだ話が通じていないのだろうか。しかし、あの配管はチンタラできないはずだ。タービンの蒸気循環にかかわるラインだから、一日も早く試運転チームに引き渡さなければならない。

「何だ、お前だいじょうぶ？」

品管《ヒンカン》が怪訝そうに問う。伊東は取りあえず「大丈夫です」と返した。きっと、まだ公式の検査記録として上がっていないのだ。品管は事もなげに告げた。

「お前がチョンボするわけないだろ」

溶接マスクの視界は何も見えない。遮光ガラス越しに、ただただ暗闇が広がる。しかし、それもトーチのスイッチを入れるまでのことだ。

スイッチを入れるとアークが生じ、そこだけパッと白く輝く。アークは小さな落雷、あるいは大きな静電気といった放電で、その熱で以て鉄鋼を溶かす。アークの出元はトーチに内蔵されたタングステン電極で、鉄鋼の融点が概ね千五百度から二千度なのに対し、これの融点は三千度を超える。だから鉄鋼は溶けても電極は溶けない。

アークを受けた一点が瞬く間に溶ける。この歪な白光を灯台のように頼みながら、溶融池《ようゆうち》は六時方向から三時方向へ上る。白光が一定以上に明るければ電極が溶融池に近過ぎだ。逆に暗ければ遠過ぎだ。あとは、それだけでは説明できない溶融池との距離感を、この手が知っている。

工事長と品管に訊ねた次の日、伊東は思い切って元請の現場事務所に行った。通常なら一介の作業員に敷居を跨ぐ用事はない。検査チームは事務所の奥におり、安全靴を脱いだ伊東はスリッパを履かずに靴下の足でその場に向かった。

「七月二十日の溶接検査記録？」

検査員は十名ほどいた。応対したのはあの検査員ではなかったが、伊東はさらに場所と対象配管を告げ、その検査記録を見せろと言った。嫌がられたが、溶接した本人だと言うとキングファイルから原紙を取り出した。

「検査者」の欄に「田中」とサインがあった。

「この田中サンいます？」

「あ、わたし？」

いたならそうと言えよ。伊東は憤慨したが、それより早く訊きたかった。

「え、何のこと？」

田中はポカンとした。

「タービンの戻り配管がフェールしたの？　そりゃえらいこっちゃ。そうなの？」

「アナタがそう言ったでしょ」

「僕が？　言ってないよ」

伊東は絶句した。わけがわからなかった。確かに昨日、この検査員にそうと言われたのだ。しかし、冷静になると、その顔がはっきりと思い出せない。現にこの「田中サン」を見ても、伊東はピンと来なかった。

「そんなのわざわざ溶接工本人に言うわけないでしょ。いちいちそんなアラート出してたら検査する意味ないじゃん。こっちも仕事だから、そんな真似しないよ」

何も言い返せなかった。全くその通りだ、そんな情報をやりとりしてたら検査の公平性を損なう。じゃあ、あいつはいったい誰だ？

初層を終わらせたのは、着手から一時間後だった。いつもより相当遅い。ひとたび入熱したら、一気にやりきる。それが鉄則だった。飯はおろかトイレにも行かない。配管溶接では肉厚に応じ、上から何周も溶接線を重ねる。この肉厚二十五ミリの六インチなら、都合十八周《パス》が必要になる。鉄は熱いうちに打て、じゃないが、熱した鉄鋼はナマモノより足が早い。冷えた溶接線に次を重ねたら多層溶接は綻びてしまう。

ホルダーから次の溶接棒を抜き出す。直径二・四ミリ、長さ三百五十ミリのお馴染みのコベルコ製だ。ティグの溶接棒は新品の十円玉さながら銅色に艶めく。

お前がチョンボするわけないだろ。

そんなの言われずともわかっている。伊東はむしろ腹が立った。

本当に自分はチョンボしないのだろうか？

そうだ、田中は同僚の前だったから、ああも白を切ったのではないか？　後ろめたいことだったから知らないフリを通したのだ。個別に確認すればよかった。

次の日、伊東は再び元請の現場事務所に行った。

「田中は昨日で最後だったよ」

伊東は啞然とした。次の現場に行ったとの声に「どこです」と返した。

「さあ」

知らない。知ってても教えられない。こっちは第三者の検査機関だから、検査される側に余計なことは言えない。至極当然だった。

「その十二インチなら、もう保温が巻かれてなかった？」

ひとりの検査員が言う。自分の記憶に頼るより迷わずキングファイルを開く姿は検査員の鑑だ。

「ほら」

昨日づけの保温の施工記録だ。写真まである。保温が巻かれているということは、その配管溶接に問題はなかったことを意味する。そうじゃないと上からモノを巻いたりできないからだ。

自分はフェールじゃなかった。「チョンボするわけない」いつもの伊東サンだった。どっと虚脱した。

しかし、安堵はなかった。一ミリもなかった。なぜよかったと思えないのだろう。フェールと言われ、嘘だろ、と言い返せなかった。確かに思ったのだ。フェールしたかもしれない。

塗料の空き缶にチビた溶接棒を捨てる。この十八パスには百本あまりの溶接棒を使い、最終的にこの缶にはヘビースモーカーの灰皿さながら短い溶接棒が集まる。十センチ程度の摑み代《しろ》を残しお役御免になった溶接棒が、缶に投げ込まれた勢いでクルクルその縁を回る。

ティグ溶接の右手と左手にめいめいのピタリと連動すべき役割がある点は、ピアノの演奏に似ている。と、むかし誰かが言った。右手は絶えず首振り《ウィービング》を行い、これが溶接線の幅になる。トーチを開先に直交する方向に規則的に揺動させるのだ。もちろん開先方向にも一定のスピードで進まなければならない。

アンダーカットは、開先の幅に対し溶接線の幅が足りない欠陥だ。原因のひとつは首振りが足りないことだが、しかし、伊東は自分の右手をいつものように信用できた。それが何より怖いと感じることだった。

戸田にも訊いてみたが「そんなことありましたっけ？」と変な顔をされた。

「ほら、珍しく検査員が早く来たじゃん」

「そうでしたっけ？　最近は連日マルGだから、いっこいっこ覚えてないな……」

溶接線の止端は、少しだけ戻る方向に回す。アークの白光が途切れ、視界が真っ暗に戻る。直ちに手の甲で溶接マスクを上げ、このときばかりはどうにも性急になる。はじめ、視界は眩むように白い。ややあって、まだ熱い幅五ミリの溶接線が、玉虫色に光る。ティグの溶接線は、道路に洩れ出た油の虹色を彷彿とさせる。神経質なほど揃った「鱗」が互いに重なり、あまりに均一な幾何学模様はどこか空恐ろしい。皆上手いと言うだろう。

しかし、溶接は美観の問題ではない。実は伊東サンの溶接で、けっこうギリギリの判定が、これまでにもあったんです……伊東はもっぱら周囲に上手いと言われる。しかし、そう言われるのは第一に、ただ溶接線の外目が端正だからだ。見る者は勝手にこの溶接工は上手いと決めつけてしまう。そんなの最終パスだけかもしれないのに。その奥の中間パスはメチャクチャかもしれないのに。

溶接線の外目と欠陥の有無は必ずしも一致しない。「きれいな」溶接線が検査を通らないこともある。その逆も然りだ。安全を担う以上、溶接の評価には可と不可しかない。それでも自分の溶接線を見て、伊東はいつもの深い満足を覚えた。こいつは上手いと思った。

その溶接線が今度は本当にフェールしたとは、二日後に知った。

やっと八王子の病院に着いた。予約の三分前に受付を済ませ、伊東は待合室のベンチに座った。先に牧野が呼ばれた。

ベンチはほぼ満席だった。この平日の晩に、自分らと同じ溶接ヒュームの特殊健康診断を受けに来た者らだ。溶接工の人手不足は伊東が新米だった頃から叫ばれているが、ここにいると嘘としか思えない。

「最近なにか、身体の不調などはありますか？」

「特にないです」

診察室でそう答えると、医者は困った顔になった。

「本当に何もないですか？　ちょっと息苦しいとか疲れやすいとか眠りが浅いとかモノが見えづらいとか目が霞むとか、どんな些細なことでも構いませんよ」

伊東に既往歴はない。職業病とされる腱鞘炎、白内障、腰痛にも未だ縁がない。何度訊かれようが「身体の不調」もなかった。伊東の目を覗き込むようだった医者は、ようやく諦めると患者の業務歴を見て再び目を上げた。

「伊東さんは、来年四十になりますね」

わかりきったことを言う。

「今後のキャリアプランとか、何かお考えですか？」

咄嗟に医者を見返した。前回まで訊かれなかったことだ。代わりに前回はこう訊かれたことを思い出した。目がお疲れではないですかと。その時もドキリとしたのだ。

「いえ、特に」

「そうですか。いやね、ご承知の通り、しっかり換気できる屋外であっても、溶接作業は基本的に人体に有害ですから。この先も数十年と曝露されるよりは、長い目で続けられるキャリアを選択したほうがいいです。特に伊東さんのように経験の長い溶接技師であれば、現場以外でも活躍できる場は沢山あります。四十を境に検査員や講師にキャリアチェンジする人も多いですしね」

　最後に握力を測って退室すると、無性に気が立ちベンチに座れなかった。まだ牧野の姿が見えず、無目的に幅広い病院の廊下を進む。キャリアキャリアとガキに説教されたのが頭に来る。溶接どころか紙マッチも一発で点けられなさそうなやつに、なぜ偉そうにアドバイスされなければならないのだろう。溶接作業は人体に有害？　この先も数十年と曝露されるよりは？　一体お前にどれほどの実感があるのか。

廊下の天井を見上げる。ＬＥＤ照明と煙感知器と防犯カメラがあり、その向こうにあるはずの配管を思う。天井パネルに隠され影も形もない。

牧野も今ごろキャリアキャリアと言われているのだろうか。それとももう「キャリアチェンジ」したと見なされ何も言われないのだろうか。あれだよ、ビルの現場だよ。牧野はいつもの黄色い声で答えた。そのこだわりのなさに確かに自分はショックを受けたのだ。

あの人が「ビルの現場」か。あれほどの人が、今はせっせと塩ビ管のネジを締めているというのか。一口に配管工事と言えど、プラントもののそれとは違い、いま「ビルの現場」には大変人気がある。屋内作業だからだ。雨も風もない環境で、先に設備業者が乗り入れていれば既に「霧ヶ峰」が設置されていたりする。

楽な現場なら報酬もそれなりだった従来に比べ、最近は下手な屋外作業より「ビルの現場」のほうが割がいい。それは全国的に人工《にんく》単価が上がっているからだろうし、工事業者自体が減っているからだろうし、あとは昨今のビル建設なら施主が一流というのもあるだろう。一流とは財閥系か鉄道系か、いずれにしろケチケチした化学メーカーや汲汲とした電力会社より羽振りのいい逆転現象が生じる。カワダ工業も昔は「ビルの現場」などしなかったが、数年前から少しずつ手を出すようになった。化学プラントにせよ発電プラントにせよ、今の日本にガンガン設備投資する気運はない。

　けれど、自分らにすれば、そんなのは「本物の」配管ではない。「本物の」配管は天井にも壁にも床にも覆われたりしない。プラントものの配管は市中のあちこちに散見される「ヤワな」配管、すなわち上下水配管、空調配管、消火配管などの敷設とは事を異にする。その辺の配管は自分らにすれば単なる筒、それも流しそうめんの筒にも似たチャチな工作物である。マンションの管理人は塩ビの水道管が洩れると大騒ぎするが、あんなのは洩れて当然だしむしろ洩れないほうが不思議だ。だいたい洩れるのは継手からと相場は決まっているが、嵌め込みにしろ留め具《クランプ》にしろネジ継ぎにしろ、こちらが繋いだつもりでも塩ビ管同士は厳密にはバラバラの状態にあり、溶接のように一体化しているわけではないのだ。その内部を通る流体にすれば隙間だらけとも言える。それで許されるのは常温の水がチョロチョロ洩れたところで誰が怪我するでも死ぬでもないからだ。拭けばいいだけの話だ。

自分らが相手にするのはクロム鋼、ニッケル鋼に代表される合金の類で、それも径に対し肉厚の半端ない代物だ。流体が高温高圧になると配管の継手はボルトで締める「フランジ」では持たず、溶接されなければならない。フランジは配管と配管を外から紐で縛っているようなものだが、溶接は配管の縁と縁を内側まで溶かした上で一体化させるわけで、それは他のどの継手より強い。当たり前だ、注ぐエネルギーが他とは比べ物にならない。人間の指でもドライバーでもトルクレンチでも、アーク溶接のエネルギーの足許にも及ばないのだ。溶接継手を見ると、真に強いものは至ってシンプルであることがわかる。フランジ継手のようにゴチャゴチャ見苦しくない。

足の向かうままに病院の一階に降り立った時、耳が、黄色い声を聞き分けた。午後八時を過ぎた外来はシンと明るい。声の主を探す身には余計にそう思えた。

足音を殺し、重そうな引き戸に聞き耳を立てる。笑ってしまうほど中のやり取りが聞こえる。引き戸の隙間から正面の医者と、小さい背中の牧野と、二人の横に一枚のレントゲン画像が見える。自分の呼気が頬に跳ね返る。

胸部X線の診断らしい。しかし、今日の診断項目にそれはなかったはずだ。胸部X

線はじん肺の特殊健康診断のほうに含まれる。じん肺は肺の機能障害の一つだ。

　牧野に何か所見があるのだと伊東は直ちに察した。あの牧野サンが。思わず引き戸から顔を離すと、そのままその場を離れた。


「仕方ないよ、やり直しだ」

　四本目の主蒸気管に気孔欠陥《ブローホール》が見つかった。レントゲンでは奥行きは知れず、何パス目かはわからない。健全な溶接線はレントゲンに白い一本の骨のように映る。欠陥は黒い影として映り、その位置と形から種類を推定するのだ。

　ホクロのような、黒い点があった。ブローホールだ。何度見てもあった。自分の溶接線を、こういう風に眺めたことはない。身体の中を覗かれているように感じた。

「風が強かったんだろ。高いところだし」

　どの工事業者にもいる「鬼」タイプの品管は、怒らなかった。むしろ伊東より戸惑っている。この品管がフェールした溶接工に怒鳴るのを見たことがあった。その溶接工が「すいません、あす補修します」と答えたら、補修じゃねえだろ、やり直しだっ、と激怒したのだ。全くその通りなのだ。

伊東は「すいません」としか言えなかった。こうして品管に呼び出しを食らうのが初めてだった。ともすると手が震えそうになり、自分が失敗に弱い人間だと今更のように気づいた。

「マジかよ、よりによって……」

品管より工程担当が嘆く。もとより納期遅れだった箇所で、半日でも早く従来の工程に乗せなければならなかった。だから「チョンボしない」伊東が選ばれたのに、自分は見事に期待に応えられなかった。こんなに情けないのか。

なぜ欠陥が出たのか、自分でもわからない。伊東は至極いつも通りにやった。それが何より恐ろしかった。

戸惑う脳裏に、あの検査員が現れた。そうだ、あいつが来てから何かがおかしい。自分が間違ったことをしているような、手が変に動いているような、身体が一歩、自分から離れた。

日勤でチンタラ直す余裕はない。その日の夜にやることになった。

「それでいいか？」

「はい」

他に答えようがなかった。

「いちど寝とけ。レントゲンは午前四時に打つ」

時刻は午後五時だった。とても寝る気はしなかったが、ここは無理にでも寝たほうがいい。伊東は夜勤が苦手だった。同じ作業でも昼と夜だと全く体感が異なる。何よりあの眩し過ぎる工事用照明が苦手だった。

「おい、次はないからな」

品管が呼び掛ける。次はないからな。思わず立ち竦んだが、それは自分に向けられた言葉ではなかった。

「あれキュウクロだから」

クロムモリブデン鋼は基本的に一回しか直せない。むやみに入熱と冷却を繰り返すとああいう鉄鋼はたちまち脆弱になるのだ。もしやり直しでもフェールしたら材料の買い直しになる。

「わかってますよっ」

伊東は吃驚した。自分の返事に。いきなり腹が立って「鬼」に怒号を上げていた。こいつはいつもいつも偉そうに、自分の手で何をするでもないのにいったい何様なんだ。品管に溶接工の気持ちはわからない。現場で実際に手を動かす人間のことなど。口先でギャアギャア騒いで結局いい「品質」も悪い「品質」も世に生み出せないお前は、死ぬまでギャアギャアそうしていればいい。

「戸田はどうする」

元請に夜勤の一報を入れた工事長が訊いた。

「いらないです」

本当にいらないだろうか。考え直しても、やはりいらなかった。いても戸田に踏み込んだ仕事はできない。点づけでもできたら少しは使えるのに。

「照明だけ吊っといて下さい。それで戸田は帰す」

自分のヘマで、誰が人に徹夜を強要できる？　泣く泣く溶接線を切る姿なんかも見られたいものではない。

自分が一回り、小さくなった気がした。じじつ身体がこわばり空気が肌に刺さるようだ。嫌な体感だった。自分は強い人間だと、ずっと思っていた。

「行き帰りは気をつけろよ。照明ないから」

工事長は言った。

「特に階段。たまにグレーチングが外されてるから」

階段を上るのに精一杯で、ない踏み段に体重を乗せる自分。顎が上向いたまま大転倒し、下手したらそのまま落下する。「気をつけます」と応じながら、このときはっきりと自覚した。自分はいつまでも今の自分ではないのだ。刻一刻と、いまこの瞬間も何かを失っている。

「今度はフェールしませんから」

思わず、言わずもがなの宣言をした。言った傍から激しく後悔すると、工事長の顔を見ないように、そのまま現場事務所を出た。自分でも混乱しているのを感じながら、足早に駐車場へ向かう。車で寝るつもりだった。今度はフェールしませんから（……）このまま逃げたい衝動に駆られながら、自分が何者なのか、わからない気持ちになった。

午後七時になると、ペンライトを手に階段を上った。日没の中ひたすら足許を照らし、努めて何も考えまいとした。

いきなり息が上がり、途中で小休憩を取った。一人だったからもう階段に尻をつけ座る。日中のような海風がないせいか、夜の割にかなり蒸し暑かった。いつしかヘルメットを脱ぎ、頭に生温《なまぬる》い外気を通した。現場でヘルメットをしないと、たちまち不安に襲われる。実際より頭が涼しいように感じ、涼しいというより無防備で頼りなかった。隣の工場の赤い航空障害灯が生真面目にチカチカ点滅している。

誰かに見られている気がした。顔を覚えていない割に、あの検査員だとはっきりとわかる。この生身の頭を見られたら一発でレッドカードだ。そう思いながら頭を野ざらしにしたまま、伊東はその場から動けなかった。まだフェールした現実を受け止められなかった。

階段を上り切ると、呆然と工事用照明をつけた。瞳孔が一気に絞られ何とも言えず痛い。この射るような眩さはよく知る夜勤の体感そのものだった。

思わず立ち止まったのは、足場が一昨日から一変していたからだ。邪魔なほど密だったはずが今ではスッカラカンである。四本目の主蒸気管で蒸気ドラム周りは作業完了と見なされ、とっとと解体されたに違いない。それがフェールしたとは誰も夢にも思わなかったのだ。思わず振り返ったが、いつも果敢にクレームする戸田はいない。

いちおう床はある。まだ二畳分ほどのスペースは残されているが、問題は手摺がないことだった。一昨日までフックしていた手摺があらかた解体されている。そもそもこういう解体中の足場を使ってはいけない。眼下は遠い地面だ。夜間の高所作業は自ずと作業者の血圧を上げる。本人は自覚せずとも生理的にそうなる。

伊東は迷った。流石にここは作業しないほうがいい。足場が過剰なのはまだしも不足しているのは安全にかかわる。しかし、ここで引き返したらどうなる。ぬけぬけと自分の尻拭いもできませんでしたと言うのか。そんな溶接工に価値はあるのか。

そのとき、四本目の主蒸気管が目に入った。暗い赤褐色に溶接線だけが浮かび上がるように光る。それは眩し過ぎた。フェールしたのに他の溶接線と同じように輝いている。中のブローホールを知らないのだろうか。一刻も早く、あれを直したい。そうして何もなかったことにしたい。足場も何も頭から飛んだ。この頃になって、伊東はヘルメットを手に持ったままだったことに気づいた。

その溶接線を切り、再び繋げる作業に入ったのはそれから三時間後のことだ。溶接マスクの視界には昼も夜もない。一昨日と同じ体勢になると、身体があることを思い出した。

わかった。次の溶接棒を取り、それを左手に構える。伊東は溶接棒を人差し指と中指の間に持って、幾らか進行方向に寝かせ、押し出す際は少し親指も手伝う。新しい溶接棒は少ししなり、梃子の原理なのか、左手に実際以上の重みを与える。その外側の先が、溶接するあいだ宙に微妙な線を描く。

このまだ長い溶接棒が、一昨日、いっとき暴れたのだ。その一瞬だけコントロールを失った。暴れたのは先端が足場の単管パイプに当たり、カツン、その程度だったが、その接触は長い溶接棒を伝い、思いのほか大きな反動を溶融池に与えた。

そのとき自分はどう思った？　出来事は思い出せるがそれは思い出せない。

カツンとなったのは、作業場所の狭さを見誤ったからではなかった。作業する自分の輪郭のほうを見誤ったのだ。配管溶接は「人一人くらい入るスペース」では事が済まず、開先の形状に合わせ、作業姿勢を刻一刻と変えなければならない。一昨日、自分は長い溶接棒の揺れる先端を自分の身体の一部として捉えられていなかった。

なぜだろう。それより右腕がぶつかりそうだったのだ。六時方向から三時方向に上進するとき、伊東はかなり低い体勢から徐徐に起き上がった。もちろん注意はしていたが、ひとたび溶接マスクを下ろすと周囲の障害物は何も見えない。

カツンとなったとき、確かに自分が前より縮んだ。注意の届く限りが自分のサイズなのだ。

それでも溶接は中断できない。

初日に戸田が元請に足場の盛り替えを依頼したが、あれは、正しかったのだ。あのときの伊東には何の問題意識もなかった。自分ならいけると思った。

いつも通りに、が、途端にわからない。それはいったい何のことだ？　自分の思う「いつも通り」など実際は一時的なものに過ぎない。

手薄すぎる足場の中で、伊東は安全帯のフックを最も手近な単管パイプに掛けた。

それが作業場所から一・二メートルほど先だ。ランヤードの長さを考えると一歩でも前進したらたちまち動けない。自分が飼い犬にでもなったような気がした。

　初層の六時方向から三時方向を終えると、その配管を跨ぎ、次の九時方向から零時方向の前に移ろうとしたが、ランヤードがピンと張り、そうはさせなかった。自分がそういう状態にあったことを思い出し、この安全帯というのを心底うとましいと思う。

　ここは二丁掛けする必要がある。向こう側に渡る前にランヤードBをフックしてから今のAを外さなければならない。しかし、どこにBを掛ける？　見回すと、さらに一メートル先に単管パイプがある。そこに行き、Bを掛け、ここに戻り、Aを外し、またBに戻る。向こう側に回るにはこれを二、三回は繰り返す必要がある。配管を跨げば一歩で済むことを、迂回すると一分以上は掛かる。

　一分。それを、伊東は長いと感じた。誰もいない場所で真面目に行動するのもアホらしい。何より溶接線が、刻一刻と冷める。熱は熱ければ熱いほど失われるのは早い。いつもなら一分くらい気にしないが、この時ばかりは焦った。鉄鋼を待たせれば待たせるほど以後の溶接が不出来になる気がする。

手が勝手にランヤードAを外した。自由の身になりそのまま配管を跨いだ。向こう側の単管パイプにBを掛けると、ガチャンとフックの音が大袈裟に鳴った。無胴綱だったのは五秒程度だった。

トーチの配線を整え、再びホルダーから溶接棒を取り出す。九時方向から零時方向の前で中腰になったとき、後ろから誰かに引っ張られたように、ピンとランヤードが張った。振り返ると途中で捻じれていた。捻じれを正すとランヤードに少し緩みが生じた。ほんの少しだ。このとき伊東は決めた。

Bのフックを外し、安全帯の腿ベルトに戻す。至極当然のつもりだった。あんなギリギリの状態で作業することはできない。配管の現場溶接は三百六十度の仕事だ。曲率を持つ溶接には平面にはない難しさがあり、今回のように横に走る配管なら上向き、縦向き、下向きの溶接姿勢が連続的に求められる。今にも後ろから引っ張られる可能性を頭にチラつかせながら誰が溶接などできるか。

頭ではそうと思っていても、身体は正直だった。理屈以前の不穏が腹の底から込み上げる。タブーを犯している不穏。昨今の工事現場にあって、安全第一・無事故無災害は聖域である。いま自分は絶対にしてはならないことをしている。しかし、それより目の前の仕事のほうが大事だ。これをしっかりやり切ることだ。

頭を振って、溶接マスクを下ろす。額の汗が鼻に落ち、すると痒いはずだったが何も感じなかった。蒸し暑い夜だ。無風なのが救いだ。

午前三時、最後の四半周を終えると、左手の溶接棒を足許のペンキ缶に投じた。その方向を見もしなかった。一も二もなく溶接マスクを上げ、余盛《よもり》一ミリ強の最終パスを見る。

終わった。

長いこと、伊東は放心した。溜息もつけなかった。この時ばかりはフェールも検査員も忘れ、ただ溶接線の冷める過程に見入った。

なぜ、鉄鋼は溶けるのだろう。子供の頃から不思議だった。こんな職業に就いた今でも不思議なままだ。この何万と繰り返してきた光景に、伊東は未だ慣れないものを覚える。だって、こんな風に人間の手で鉄鋼を自在に変えられるはずがない。そもそも人間の目は溶融池を直に見ることすらできない。太陽と同様、アークは直視できないのだ。だから自分らは遮光ガラス越しに作業し、そのため溶接の成される過程は、それに最も近いところにいる溶接工に最もよく見えない。

しかし、蓋を開けるといつもできている。それが不思議で不自然ですらある。職歴二十年にして、自分のした仕事とは到底思えないのだ。あたかも自分ではない誰かがやったかのようだ。それか、この手が勝手にやったかのようだ。作業中、自分の手は見えないから余計にそう思う。

まだ溶接線は、ほんのりと赤い。潮のように変色が引くと、自分が溶接したことが何かの間違いのようだ。知らず革手袋を脱ぎ素手になると、右手の中指の爪で、その溶接線に触れた。五秒ほど待つと爪の真ん中が薄っすらと焦げた。もう目にはわからないが、ここに大量の熱が注がれたのは確かだ。

伊東はまたしても自分を小さく感じた。それから自分の知らない部分の自分を感じた。自分ではとても自分の全貌を知り得ない。その半分どころか一部分も知らない。その自分の知らない部分の自分は、それこそ一人の別の人間ができてしまうほど大きい。否、大きくなっていたのだ。

なおも伊東は溶接線を見詰めた。全周にわたりそうした。あの検査員の「アンダーカット」が頭から離れない。四つん這いになると、溶接線の下部を見るために顔を上に向けた。頭上の照明が強すぎそこは極度の視界不良だ。急ぎペンライトを点けた。配管の下半分は溶接線が乱れやすい。単に上半分よりやりづらいからだ。しかし、思った以上にウィービングの鱗が整っている。伊東は虚脱した。手本のようにきれいだ。

　もういちど丹念に全周を見る。アンダーカットはなかった。ただし別の不安が生じた。余盛が均一ではない気がしたのだ。溶接線の「盛り上がり」は高すぎても低すぎても駄目で、概ね一ミリ以上二ミリ以下を確保しなければならない。それが気になり動悸が激しくなる。こんなの気にするほうがおかしい。この余盛なら絶対に検査はパスするし、もう美観以下の話だ。美観だと？　馬鹿いえ、こんなボイラーの奥に潜む溶接線など半年に一度、メンテの兄チャンが見るか見ないかだ。

　伊東は、そこから目が離せなかった。その一点の余盛が少しだけ隣より高い。直すか……？　高い余盛はグラインダーで削り取ればいい。ちょっと触れるだけだ。そしたら完璧になる。

　依然として無胴綱状態だった。それを思い出すと伊東はグラインダーに伸びた手を止めた。そろそろレントゲン屋が姿を見せるはずだ。いまの状態を見られたら不味い。早く、ここから引き上げる必要があったが、しかし、これは直さなければ気が済まなかった。

　手がグラインダーの取っ手を握り、そのまま電源を入れた。モーターがいかにも陽気に轟然と唸る。耳がそれだけになり、夜気の際までそれだけになった。角度を定め、息を止めると、ギギッ、と、ひとつ、ディスクをその一点に当てた。跳ねたスパッタの軌道は酷く短かった。余盛は滑らかになった。

　どうせならと、次に気になった箇所も直した。溶接は内部欠陥の有無が重要であり、外目の問題ではない。それはわかっているが、そうせずにはおれない。続けて三か所目も直し、こうなると切りがなかった。

　何か所目かにディスクを当てたとき、誰かが近づいて来た。あの検査員だ。あの検査員が、またぞろ自分の仕事を見に来た。無意味な「完璧」のために、神経を尖らせる自分を。配管溶接は中の流体が二十年も洩れなければ十分である。なのに間違った方向にキリキリ手間を掛けることしかできない自分を。

「おい」

何度目かの呼び掛けに、伊東はやっと気づいた。逆光の人影を、はじめ自分だと思った。頭ではそうと思いながら手のほうは遥かに冷静だった。咄嗟に安全帯を掛けた。

遅かった。

「お前、いま安全帯してなかっただろ」

相手はレントゲン屋でも自分でもない、元請の配管工事担当の山崎だった。

「夜勤で直すっつーから見に来たら……」

電源を切ったグラインダーが、余力になおも高速回転する。伊東は現行犯で、そのまま元請の現場事務所に連れて行かれた。

「もう最近はねえ、アンタみたいなのもそうそういないよ？　アンタみたいに変に経験値のあるやつが一番やっかいなんだわ」

自席に座る山崎の前で、伊東は直立不動だった。他には誰もいなかった。

「足場に問題があるならこっちに連絡しないと。そういうキメ細かいコミュニケーションが重要なわけでしょ？」

何も言えなかった。これは完全に伊東が悪い。自分は絶対にやってはいけないことをやった。

いつもなら下請が夜勤しようがしまいが定時で帰る山崎が、なぜ今晩に限りいるのだろう。答えは当人のパソコンが教えた。サッカーの試合が放映されている。時差で観戦が深夜に及ぶからついでに残業代を貰う腹だったのだろう。

「申し訳ありませんでした」

伊東は誠心誠意、頭を下げた。そうするしかなかった。

「ハーネス使うのがそんなに難しいの？　ガチッとフックするだけでしょ？　それをサボる理由が俺にはさっぱりわかんねえわ」

説教は続いた。山崎は鬼の首を取ったようにずいぶん愉しそうだ。しかし、ここで説教というのは明らかにおかしい。本来なら不安全行動は確認され次第、その作業員の所属先に「可及的速やかに」連絡されなければならない。作業員が反省しようがしまいが、元請にはどうだっていいはずだ。伊東の不安全行動の詳細を解明するでもなしに、ダラダラ独自の訓戒を垂れる山崎の姿からは、一つの可能性が浮かんだ。こいつは本件を外部に報告する気がない。

「ただでさえアンタは肉体労働者なんだから、せめてルールくらいは守りなさいね？他に食い扶持あるの？」

そうに違いなかった。なぜなら本件を公にしたら、自分の足場調整がポンコツだったことも同時に発覚してしまう。それは山崎にすれば相当はずかしい事態だ。足場の調整などは基本の「き」の字だ。

伊東にしても、それは同じだった。できれば本件をカワダの耳に入れるのは避けたい。ここで山崎が見なかったことにすれば本件は揉み消しになる。伊東は再度、深々と頭を下げた。

「おっしゃる通りです。本当に申し訳ありませんでした」

その推察は、正しかった。言うことを言うと、山崎は「今回だけ特別に」カワダには報告しないと請け合った。時刻は午前四時になろうとしていた。

「せいぜい仕事は真面目にやりなよ。肉体労働者なんだから」

しばし、伊東は何も考えられなかった。何度も上げ下げした頭に必要な血が集まるのに時間がかかる感じだ。これが立ち眩みだろうか。それとも貧血だろうか。なったことがないから想像に留まる。

「アンタ、普段からちゃんと仕事してんの？」

去ろうとしていた伊東は振り返った。山崎の机上のイヤホンからサッカーの音が洩れ聞こえる。アンタ、普段からちゃんと仕事してんの？　やはり、伊東は何も言えなかった。今度は怒りに声が出なかったのだ。

「あの溶接も大丈夫なわけ？　えらい心配だわ」

山崎は回転椅子を軋ませながら後ろに寄り掛かった。

「いまからレントゲンだっけ？」

窓越しに現場の方向を見遣る。伊東は低い声で「大丈夫です」と返した。

「大丈夫ですって、そんなのわかんないじゃん」

「検査すればわかります」

「だけどさあ、アンタみたいに安全を疎かにする溶接工は下手だと相場は決まってんだよ」

伊東は初めて山崎を三秒以上みた。それから「昔から作業員っつーのはさあ……」と、続ける山崎に「そりゃ違いますよっ」と、声を荒げていた。山崎が怯み、その呆気にとられた表情に、自分の鬱憤の大きさを知った。

安全を疎かにする溶接工は、下手。

「それよく言う人いますけど、そんなわけないでしょ。そんな安直な仕事じゃねえから」

自分らの仕事はそういうもんじゃない。そんな道徳めいた話ではないのだ。そりゃ安全が大事なのはわかるが、それで技量の如何が決まるわけがない。安全に配慮するやつは上手い、時間に規則正しいやつは上手い、整理整頓するやつは上手い、挨拶するやつは上手い、先輩を立てるやつは上手い、酒とギャンブルに溺れないやつは上手い、浮気せず家庭を大事にするやつは上手い……もっともらしい話だが、少しは冷静になれ、全て、そんなわけないのだ。伊東はこの考えが大嫌いだった。あまりに溶接仕事を舐め切っている。自分らの仕事は心掛けとか日頃の行いに依存するものじゃない。否、例えばよい心掛けとか日頃の行いを重ね、そのために自分の仕事に僅かでも慢心や油断が生じるのであれば、むしろそんなものはないほうがよかった。

「お前なに生意気いってんだっ」

それはこっちの台詞だ。元請はガスケット一枚自分らの手で取り替えられやしない。ボルト一本自分らの手で交換できやしない。無能な山崎のパソコンをブッ壊したい衝動に駆られた。しかし、もとより元請とはそういうものだ。伊東はこれには慣れているはずだった。

「ちゃんとした溶接工はそんな口きかないぞ。普段の言動が仕事に表れるんだ」

「チャントもクソもあるかっ」

伊東は机を叩いた。こんなに怒る自分は、いったい何にそうなっている。何も知らないやつが、偉そうに自分の仕事を語ることにだ。ただ事務所でテキトーな指示を飛ばすやつに、語れる事柄はない。山崎だけじゃない。戸田も品管も工事長も、自分のような仕事に従事できない者は皆無知だ。そういう人間は鉄鋼の溶け出す瞬間を知らない。自分の手が他のどこより熱い時のことを知らない。アークの最高温度は二万度にも達する。それは、太陽の温度だ。

「足場の調整もできない癖に威張るなっ」

伊東は躊躇なしに言った。自分の知る高温の強さを思い出せば、怖いものなどなかった。

「お前なあ、自分が作業員の自覚あんのかっ」

「じゃあアンタがやってみろ。アンタがあのクロモリを溶接してみろ。絶対にできないからなっ」

そう口を滑らせたことを、伊東はいつまでも後悔した。それは言ってはならないことだ。言ったら最後、職人が職人ではなくなる。

そのとき、作業を終えたレントゲン班が事務所に入ってきた。いまから暗室で現像するらしい。二人の見苦しい応酬は聞こえたはずだったが、素知らぬ顔を通した。

「結果はいつわかる？」

山崎がこれ見よがしに問う。

「三十分もあれば」

伊東は安全帯をガチャガチャ言わせながら屋外に出た。ここでは生きた心地がしない。無人の喫煙所で尻をつけ座った。

二十分後にレントゲン班の一人が喫煙所に来た。外から見えなかったのだろう、隅にいる伊東に驚く。

「合格《パス》しましたよ」

訊いてもいないのに言う。伊東は「ああ、はい」と応じながら、ほとんど死ぬかと思った。それからどう夜明けになったのか、あまり思い出せない。

唯一たしかなのは、空が下から白み始めた頃、作業員詰所で突っ伏していた伊東に、わざわざ山崎が謝罪を求めに来たことだ。さもないと公にするという。

伊東は迷った末に「好きにすりゃいいでしょ」と返した。そもそも報告するのがルールだ。「肉体労働者」でなければルールを守らなくてもいいのか。こうして伊東は一発退場になった。それほど無胴綱、もとい「安全帯未使用」の罪は重い。カワダ工業も伊東にペナルティを科し、向こう一年は「溶接作業禁止」になった。より厳しい工事業者ならクビになっていただろう。その日のうちに、伊東は東京に帰った。そのときは一発退場もペナルティも、もうどうでもいいと思った。それほど「パス」の一言が、ただただ強烈だったのだ。

帰り道は空いていた。牧野は戻りが遅かったことには触れず「早く帰ろうよ」と、あたかも自分が待ちくたびれたかのようだ。道中二人は盛んに、待ち時間が長かった、ちゃんと予約したのに何の意味もない、だから大きい病院は嫌いだ、そもそも病院が嫌いだ、こんな健診には何の意味もない、医者がポンコツだった、逆に疲労困憊した、もう十時じゃないか、うらあ、などと、今回の義務履行をボロカスに言い合ったものだが、その中でも決して、牧野は診察のことには触れなかった。

その肺のレントゲンは、デジタル画像ではなく実物のフィルムだった。あたかも一昔前の工事現場のように。溶接の欠陥は画像に黒い影として映る。肺の欠陥も同じなのだろうか。逆に白い影なのか。そんなことも知らない。

遅い夕飯に松屋に寄った。テーブル席で、伊東は初めて牧野を正面にした。ベテランの溶接工は、しばしば白濁した目を持つ。牧野の双眸も見る者が見れば、一つの仕事を長く続けてきたことがわかる。このまま溶接を続けたら自分も何かを患うのかとは、伊東も折に触れ考えることだ。しかし今とは違い、昔は保護具も適当だったろう。今のようないい溶接棒もなかったから、ヒュームはもっと盛んに舞い上がっただろう。特殊健康診断すら存在しなかったはずだ。

けれど、あの医者は「有害」と言った。「曝露」とも言った。改めて牧野を見ると、その言には遅れて同意せざるを得なかった。伊東は牧野の四十代だった頃を知っている。この人も大分老けたなと思った。

「いまの現場が終わったら次は定修だよ」

食べ終わると牧野は口を開いた。

「どこの定修です」

「Ｍ井の」

「ああ、堺の？」

この時期の定修ならそれしかないだろ、とばかりに頷く。Ｍ井化学の大型コンビナートで、伊東も過去に何回か出入りしたことがある。

「あそこももう大分ふるいよねえ。俺が子供だった頃からあるよ。その定修の前に受診しないといけなかったから、今日は助かったよ」

「いえいえ」と応じながら、伊東は薄暗い気持ちになった。ビルの仕事から本業に戻れる牧野がうらやましい。

そのあと車中で浜松の一件を明かすと、牧野はヒヒヒと笑った。

「そんなの俺も昔は何遍もやったけどな。皆そうだった」

「でもいまはしないでしょ？」

「そりゃそうだ」

片手運転みたいなもんだ。両手のほうがいいに違いないが、両手運転が必ずしも安全なわけじゃない。などと牧野はフォローなのか屁理屈なのかよくわからないことを言うと「そこを右」と、すかさず案内した。

「でも一年も真面目にサボったら腕が落ちるぞ。たまには練習しとけよ」

鳥肌が立った。平然と運転しながら手が震えそうになる。「腕が落ちる」などと、何て、この人はあけすけに物を言うのだろう。薄っすら憎いとすら思った。考えてみれば、もう一週間も溶接していない。ここ二十年で初めてのことだ。

いつも通り、は、刻一刻と失われる。それが盤石であればあるほどあっさりそうなる。無性に溶接がしたい。否、しなければならない。

「だけど見つかったのが最後の最後でよかったな」

「何でです」

「作業を中断しないで済んだ」

思わず伊東は笑った。久し振りに聞く言葉だ。言われてみれば、確かに「よかった」のかもしれない。いちど始めた溶接は、おいそれと中断してはならない。それは他でもない牧野に叩き込まれたことだ。

翌週、伊東は再びカワダ工業の事務所に来た。板橋の駅から二十分ほど歩き、住宅地に分け入るとそれは忽然と現れる。屋根に掲げられた「㈱カワダ工業　プラントの配管工事・保守点検　承ります」との古い看板を除けば外見は月並みな戸建だ。

「いまの現場はどう？」

探るように訊かれる。表参道から直接よって、時刻は午後六時だった。カワダはカップ麺を準備していた。

「普通です」

「今月一杯で終わる？」

「終わると思います」

咄嗟に正直に答えたものの、嫌な予感がした。

「実は来月にも似たような現場があるんだけど、どうする？」

どうする？　伊東は応援用のソファに座った。

「あれですか、またＵ池の？」

つい尖った口調になる。

「そう、Ｕ池の解体現場。またまた溶断工がつかまらないんだって」

もうガスの仕事はいい、それよりティグの現場を回せ。そうストレートに主張できたらよかったが「向こう一年の溶接作業禁止」はカマでもハッタリでもない業務命令だった。他の作業員の不安全行動を牽制する目的もある。伊東は機械的に「行きます」と返した。

「何か最近は解体が多いですね」

「そんなに数は変わらないよ」

カワダはティファールの湯を注いだ。

「火を使うやつが減ってんだな、全国的に。溶断工も溶接工も少ない」

火。厳密に言うとアークは「火」ではないが、ここに言う「火」は高温の比喩だ。火気作業に従事する人間が減っているということだ。

伊東はカワダを見詰めた。こいつは何もわかっていないと思う。火気作業の「火」は全部おなじ「火」で、そこに大した違いはないと考えている。溶断も溶接もカワダの中では同じなのだ。伊東にすれば何一つ同じではなかった。

「工期は三週間だと」

現場は君津にある元ジャスコだ。ハイ決まりとばかりカワダは伊東の前に座った。

「U池の現場は嫌か」

「いや、嫌じゃないけど……」

しかし、今の自分に溶接仕事に戻るだけの自信はあるのか。「向こう一年の溶接作業禁止」が、自分への体のいい言い訳になっていることに伊東は気づいている。けれど、今日もやったようなああいう歯形の仕事ばかりしていると、日ごとに吹管しか持てない人間になる気がする。

「お前、これからどうする」

「どうするって」

カワダと目が合う。湯気に眼鏡が曇り、こちらにもいいにおいが届く。

「そのさ、ずっと作業員やる？」

それとなしに、カワダは管理側への転向を打診してきた。伊東は「人の上に立つ」ことにまるで関心がなかった。自分の手を実際に動かさないのなら、それは仕事ではなかった。

「俺が工事長になれると思います？」

冗談のように言ったつもりが、カワダは「思うよ」と真剣に答えた。

「役が人を育てるって言うだろ。それにだいたい現場を二十年続けられるやつは、何だってできる」

そのとき階段から誰かが現れた。社長カワダだ。

「何だ、いたのか」

それはこっちの台詞だ。とはもちろん言わないが、伊東は目を伏せ「お疲れ様です」と会釈した。未だ伊東は社長カワダが苦手だ。つい半月前に無胴綱の件で苛烈に叱責されたこともあった。社長カワダは余所行きの格好で出掛けた。

「いたんですね」

「昨日からな」

社長カワダは年の半分を沖縄にある別荘で過ごし、彼の地でゴルフ三昧だった。今回の上京は得意先との「食事会」に参加するためらしい。

「あとそろそろスカウトの時期だ」

「ああ」

伊東は気のない相槌を打った。社長カワダの日程など知ったことではない。カワダ工業は先月からフィリピンとベトナムから来た五人を雇い入れていた。一人が既に溶接工で、他の四人も配管工として働きながら技能訓練に通う。五人とも日本語が達者で何よりまだ二十になったばかりだ。若い層が増えればそれだけ上が押し出されるのは道理だ。

　カワダの本音は痛いほどわかる。腕の落ちつつある溶接工には早いところ前線を退いて貰いたい。伊東より後進に実務経験を積ませたい。それはそうだろう。

「で、どうする」

「溶接できないなら辞めます」

「それはないだろ」

　カワダは笑い声を上げたが、顔はそうではなかった。こんな自分が引き留められるのはカワダが優しいからではなかった。それだけ人手不足なのだ。今も昔も工事現場で働きたいやつはいない。

「そんな簡単に言うな。誰に一人前にして貰ったんだ」

　伊東は目を上げた。このカワダ・ジュニアを心底うとましいと思う。上司ヅラだが伊東と五つも年の違わない小者だ。まともに現場に出ばったこともないお坊チャンには溶接の猿真似もできない。

誰に一人前にして貰ったんだ。そう訊かれたら伊東は迷わずカワダ工業だと答える。貴方がただと答える。何度訊かれても必ずそう答える。

高専の溶接科にいたころ伊東を「スカウト」したのは社長カワダだ。社長カワダに限らず造船所にせよ鉄工所にせよ製缶所にせよ似たような関係者はある時期になると忽然と校内に現れたものだが、とりわけ社長カワダが注目されたのは滅多に生徒を引き抜かなかったからだ。カワダ工業は五年に一度、一人に声を掛けるか掛けないかだった。

何も溶接科にいる全員が溶接工になるわけではなかったが、最終年度には「卒業検定」と称した実技試験があった。その日、教官の背後に居並び生徒らに不要な緊張感を与えたオッサンどもの中に、やはりサングラス姿の社長カワダはいた。やった種目は今でも覚えている。ティグ溶接、炭素鋼板、Ｖ形開先の、それぞれ下向き、縦向き、横向き、上向きだ。それらに加え伊東は炭素鋼「管」もやった。社長カワダにアピールするために。当時から伊東は板よりは管を、薄板よりは厚板を扱いたいと思った。自分が仕事で相手にするものは、そのまま自分のことだからだ。

「前の欠陥率は一・六だろ？」

カワダはものの五分で食い終わった。

「だったら数字で出してみろ。溶接工ならそうしろ」

ひとつテーブルを叩き、カワダは自席に戻った。伊東はカワダに転向を勧められたことが思いの外こたえた。現場を二十年続けられるやつは、何だってできる。そう言われて嬉しかった分だけ泣きたい気持ちになった。

元ジャスコの現場は国道沿いにあった。表の片側三車線を行き交う車両が始終うるさい立地だ。ここには工事用フェンスも防音シートもない。おざなりなＡバリケードすら初日から転倒している。

驚いたのは、この現場では誰も馬鹿真面目に二丁掛けをやらなかったことだ。

「あの所長は見て見ぬフリしますから大丈夫っすよ」

そう同じ班の鳶工に言われ、じじつ相手はそのとき無胴綱状態だった。いちいちランヤードをつけ替える伊東に、ご親切にも言いに来たらしい。浜松の一件もあり、伊東は横着せずに安全帯を使った。また「不安全行動」となったら目も当てられないと思った。

鳶工が片腕を上げ、クレーンに合図を送る。元ジャスコなだけに周囲は広い駐車場で、とうぜん人通りはない。ホイッスルは鳴らされず、吊り上げの動向は遠目に動き始めたクレーンの回転灯で知れる。突如、頭上から何か金物が落ち、それは地上の木箱に衝突すると、十センチほど跳ねたのちに何度かバウンドした。足場工が解体したクランプを高所から放ったのだ。

酷い現場だ。最初は辟易したが、しかし、それにも半日もすると慣れた。依然として自分が無胴綱になるのは躊躇われたが、周囲にそういう作業員がいても驚かない。高度成長期の現場にタイムスリップしたみたいだ。

やはり、溶断装置は廃品さながらだった。しかし前とは違い、この現場には伊東を含む三人の溶断工がおり、その二人が当然のように使う姿を見ると、ひとり文句を言う気力も削がれ、伊東は黙然と同装置を使った。ここだと劣化したホースよりも危ないことがゴマンとあるのだ。

最も驚いたのは、その二人の溶断工がＴシャツ姿だったことだ。にもかかわらず所長は「熱中症対策」と称し、そのまま二人に作業させた。さらに二人は何と素手で吹管を持ち、これには案じるというより心底あきれた。

三日目の昼休み、詰所の向かいに座った二人がスマホを手に静かになると、伊東は「おい」と声を掛けた。

「長袖で作業したほうがいいぞ。火を扱うんだから」

二人は珍獣を見るように見知らぬオッサンを見た。お節介とは思ったが、二人のためというより火気作業が軽く見られていることが伊東は悲しかった。

「でも所長がオッケー出してるし……」

二人はスマホに戻った。言わなきゃよかったと思いながら、自分が無様に着膨れている気がした。

午後、始業そうそうに長い手待ちが生じ、伊東は所在なく元ジャスコの骨組を眺めた。梁の上を二枚のＴシャツが動く。場所が場所なら一発でレッドカードなのに、自分が浜松で受けた制裁はいったい何だったのか。

伊東は怖くなった。自分がこういう現場に日に日に染まる気がする。確かにユルい現場はラクだ。欠陥率も何もない現場で、ただただ漫然と歯形を拵え続ける。今日も明日も、もしかしたら十年後も。

まだクレーンのオペレーターは昼飯から戻らないのか。あいつは昨日も一昨日も戻りが遅かった。自分は一日も早く、この現場から引き上げたいのに。伊東は苛立ちながら、ありふれた長い国道を目で追った。周囲にかっぱ寿司、イオン、打ちっ放し、釣具屋、ニトリその他があって、何一つ遮るものがない。

ここでは「フザけんなよお」とドヤされることはなかった。こんなにフザけているのに。あの表参道の現場が幻だったかのようだ。事実あの場所はいまでは更地になっている。「フザけんなよお」が、奇妙に懐かしい。

こんなところにいては駄目だ。伊東はやっと、そう思えた。

二週目の休工日、伊東は板橋に戻った。

　カワダ工業の「社屋」の横には屋根壁つきのガレージがあり、これは車庫ではなく「練習場」である。中には溶接機とアルゴンガスと練習台と治具と工具一式があり、棚には各種鋼管が並び、壁のフックには箒と塵取りが掛けられている。頭上を仰げば古びた小型クレーン《テルハ》もある。伊東も新米だった頃はしばしば「練習場」に来たが、当時は新設プラントの現場がアホみたいにあったから、あまり練習に取り組む暇もなしに実践に入った。

　溶接自体はここに来ればできる。伊東が今まで訪れなかったのは、ここがあくまで「練習場」だからだ。伊東は本番でなければ意味がないと思った。本番の、あの請負者としてヒリヒリする感じがなければただ手を動かしているのと変わらない。「練習場」ではやったらやりっぱなしで、レントゲンでも目視検査でも事後に第三者の評価が続くこともない。何より下手に練習すると、逆に腕が落ちる気がした。本番に比べたらどうしたって中途半端な気持ちになるから。

　ガレージに近づくと、タングステンの焼けるにおいがしてきた。角を曲がると表に青過ぎるＢＭＷが路駐し、その腹にアークの白光が反射している。

村上はジーパンに溶接用のエプロン姿だった。エプロンの下は沖縄の半袖シャツで、社長カワダから貰ったもののようだが、この珍妙な柄のシャツを律儀に着用する点が、いかにも村上らしかった。風呂場で使うプラスチックの椅子に浅く腰掛けた村上は、四インチ配管の突き合わせ溶接に取り組んでいた。

休日に誰かが練習していたとは。伊東は先を越されたように感じ、それ以上に怪訝な気持ちになった。新米の誰かならまだしも、この同僚が今更「練習」している姿には違和感しかない。

アークが途切れ、ガレージの中が元の照度に戻る。村上は溶接マスクを持ち上げるまで正面に立つ伊東に気づかなかった。姿を認めた途端「うわあ」と失礼なほど驚いた。

「ああ、伊東サン」

「何で東京《こっち》にいるの？」

「あービックリした」

伊東は再度訊こうとしたが、溶接が初層の段階であることに気づいた。なら雑談よか作業を続けたほうがいい。村上は何か言い掛けたが伊東は先を急かした。

そのまま奥に向かいながら、途中で後づけの換気扇を二機ともフル稼働させる。昔は溶接機も二台あったが今は一台しかない。仮に二台あってもこの同僚の横で「練習」する気にはならないだろうが。

再び背後が皓皓と明らむ。白光が随所を照らし、同じだけ濃い影を作る。いっとき裸眼でアークを見た伊東の目も先程からチカチカしていた。

「練習場」だから、村上は練習しているのだろう。それはいいにしても、村上なら何らかの特殊条件、例えばステンレス鋼の薄板とか斜め四十五度固定の大口径とか、そうした技量の要る内容に挑戦しているのかと思いきや、やっているのは至極基本的な内容である。

出直すか、と思い始めた時、伊東は小さな段ボールの中にタングステン電極の山を発見した。先の丸まった三センチ前後の電極棒が二十本ほどある。本来なら電極棒の先は削った鉛筆のように加工され、使ううちに鈍化するとアークが定まらず欠陥の原因になる。またここまで来るのも億劫だと思い直し、伊東はこれで時間を潰すことにした。

鈍った電極棒は研磨機で復活させることができる。この場に専用の研磨機はなかったが、グラインダーと新品のディスクなら山のようにあった。伊東はパイプ椅子を広げると、鉛筆をカッターで削る塩梅で、壁に向かい一本ごとに先端を鋭利にする作業に耽った。とんだボランティア活動だ。

電極棒が丸まっていると、何とも言えない気持ちになる。下手な溶接工だと馬鹿に電流を上げるからタングステンもそれなりに傷む。もっと下手だと先端が溶融池に捕まり固着してしまう。おおかた捕まったと気づいた時には溶融池が固まっているのだ。背後が淡泊に明暗を繰り返す中、手許の研磨部からは小さなスパッタが飛んだ。無心に十本目を終えた時「伊東サン、久し振りですね」と、横から声が掛かった。

「この前はありがとうございます」

何のことだと思ったら牧野を病院に連れて行ったことだ。しかし礼を言わなければならないのはこっちだった。

「いきなり入って貰って悪かったな」

「まあ急な話でしたけどね」

「お前が空いててよかったよ」

伊東の代わりは村上か他数名の同僚にしかできない。マルG溶接士で特別ボイラー溶接士でなければならない。村上が空いていなければ工期を守れないところだった。

「今日はたまたまこっちにいたの？」

「ええ、そんなところです」

「あれはもういいの？」

「ああ、いいですよ」

四インチ配管は二層目が一周したところだった。完成させるならあともう一周はいるが、中断することにしたらしい。

「あの、ヤスノリさんから聞いてるかもしれませんけど」

ヤスノリさん、とはカワダ・ジュニアのことだ。

「自分、いまの現場で最後なんです。今まで本当にお世話になりました」

「え……」と言うなり伊東はポカンとした。まだアークの残像が目に張りついている。村上は構わず退職に至った経緯を話し始めた。

「自分かなり前から腰やっちゃってて。ずっと整体通いだったんですけど、もう現場は厳しいなと」

転職先は関西にある配管の内作《プレハブ》工場だという。村上の出身地が同方面であることを伊東は薄っすら思い出した。

「さっきアキノリさんにも挨拶してきましたよ」

アキノリさん、とは社長カワダのことだ。本当は先月末で退職するはずだったが、伊東の代打で無理やり三か月のばしたという。

「転職先《むこう》も理解ある会社でよかったですよ。現場都合なら仕方ないと」

だから空いていたのか。退職間際だったわけだ。伊東は自分の「不安全行動」の思ってもみない影響に呆然としつつ、またしても村上に先を越されたように感じた。この同僚が、こんなに早く現場溶接工を辞めるとは思わなかった。

「じゃああれは新天地に行く前の練習？」

他に言うこともあるだろうに、伊東はそんなことを訊いた。

「練習というか、もうあまりやる機会もないと思って」

「そんなことないだろ」

「いや、工場だとやっぱりやり方が全然違いますよ。いつも決まった場所だし無理な姿勢にはならないし」

村上は頭からエプロンを脱いだ。

「あと最近の工場にはね、あの、あれ何て言うのかな、軸がグルグル回る機械があるんですよ。溶接しながら配管をグルグル回せるんです。だから溶接工がグルグルする必要がなくて、単純な話、ずっと下向きで溶接が済んじゃうんです。それスゴくないですか？　かなり昔からある機械っぽいんですけど、自分ずっと現場だったんで知りませんでした。伊東サンは知ってました？」

「いや、知らない」

本当は知っていたが村上に合わせた。だから水平「固定」は「もうあまりやる機会もない」のか。そこは納得したが、しかし、だから何だと思った。

「最近は開先なんかもマシンでガーッとやるじゃないですか。そっちのほうが早いし正確ですよね。溶接もどんどん自動化されてるし」

やりかけの四インチ配管を認めると、伊東はにわかに気に入らない気持ちになった。あれが「グルグル」とも「ガーッ」ともせずとも、ちゃんと仕上げてから帰れと思った。

「いつから決めてたの」

「けっこう前から」

「すごい引き留められただろ」

「そうっすね。でも無理なもんは無理ですから」

あっさり言い切る。伊東は自分が見切られたように感じた。

「伊東サンは腰が痛いとかわからないでしょ。自分はガキの頃から腰痛持ちなんです」

言いながら笑う。これは相手に合わせても仕方ないから、伊東は正直に「わからないな」と答えた。ついでに伊東は肩凝りも知らない。そんな反応にも村上は表情を変えず、後片づけを始めた。大変いいやつだった。

「伊東サンは何しに来たんですか？」

手にしたままだった電極棒からようやく目を上げる。自分は何しに来たのだったか。思い出すより先に口が答えていた。

「練習しに来た」

「え、伊東サンが？」

こちらを振り返る。

「何で」

何で？　咄嗟に答えられなかったが「下手になるから」と、上ずった声で返した。

「へえ、真面目ですね」

村上は箒で鉄粉を集めた。

「今からマキさんに会うんですけど、どうです？」

退職の挨拶がてら飯を食うという。伊東は少し迷ったが「いいや」と返した。

「練習するから？　その後でもいいけど」

「いや、いいや」

牧野と聞いて、それより訊きたいことがあった。

「あのさ、この前あの人と病院に行った時、何か別室で検査うけてたんだよね」

言うと、村上は止まった。それから「で？」と返した。

「で……いや、何か悪いところがあるのかと思って」

「ヒューム肺ですよ」

多分、と村上は続けた。

「あの人ずいぶん前から咳が出てたじゃないですか。去年あたりから息切れも酷いと。もう四十年近く現場の人ですからね」

「そうなの？」

ずいぶん前から咳が出てた？　そんなことには全く気づかなかった。

「そうですよ。もう何年も通院してて、医者からこれ以上やったら呼吸器つきの生活になると言われたらしいです。肺はいちど線維化したら元に戻らないと」

ヒュームがうっかり首や鎖骨に触れ、気づけば真っ赤になっていると、確かにヒュームが金属の粒子であることがわかる。触れても作業中は不思議と気づかないものだ。

「カワダは知ってんのかよ」

「知ってますよ。だから最近は溶接しない現場に行ってるんでしょ。たまに定修はあるみたいですけどね」

村上は固定具を外すと四インチ配管を手にし、その母材より凹んだ溶接線に触れた。

「俺はね、もうあの人は溶接しないほうがいいと思います」

「……」

「今度の定修のことも、いちど相談されたんですよ。引き受けちゃったけど本当はあまり自信ないって」

「……M井の？」

「そう。M井の定修は厳しいっしょ」

M井に限らず大体の定修は厳しい。スケジュール死守の突貫も突貫のため時に夜を徹しての作業になるのだ。化学プラントは一日でも休止期間が延びるとウン千万円が飛ぶ。

「その相談って何？」

「だから、肩代わりしないかって」

「で？」

村上はムッと伊東を見返した。

「断りましたよ。だって浜松の現場があるから」

心臓が早く打つのを感じた。急に手足が居場所をなくし、失ったようにも感じた。

「その定修はいつ」

「来週」

来週。いよいよ心臓が痛い。いまの元ジャスコの現場は今週一杯で終わる。まだ間に合う。もう一か月以上なにもしてない自分も、まだ錆びてはいないはずだ。

「一緒にいるとき気づかなかった？」

「え？」

牧野の症状のことだ。

「ぜんぜん気づかなかった」

伊東は率直に述べた。

「いつも通りだったけどな」

急に村上の口数が減った。なおも凹みに指を這わせながら押し黙っている。その指に感じるはずのまだ少し熱い段段を思う。

村上は抑えた声で言った。

「あのゼエゼエしたマキさんに気づかないのはどう考えてもおかしい。伊東サンの前では普通に振る舞ってたのかもしれないけど」

ガツンと四インチ配管を足許に置いた音に伊東は怯んだ。

「だいいち何で俺に訊きます？　普通そのとき本人に訊くでしょ。自分らどれだけあの人に世話になったか……」

村上が換気扇を切るとシンと静けさが広がった。

「アンタ、ハーネスしてなかったんだろ？」

やおら訊かれ、伊東は戸惑った。

「うん」

「うん？　あのさ、そんなの有り得ないだろ。反省してんですか？」

声こそ荒げなかったが容赦ない口調だった。

「何がどうだったか知らないけど、そういうのはシャンとしろよ。夜ならいいと思った？　ハーネスしてなかったって、そんな馬鹿な話あるか。そんなのカワダの溶接工がすることじゃないだろ」

　非難されるまま伊東は何も言えなかった。こういう風に咎められることが、あまりにも久しい。そして、これは手痛い餞別なのだとわかった。村上にしても、もう縁の切れる同僚にわざわざ説教を垂れる気など最初はなかっただろう。だがその場の思いつきとは違う、性急だがいやに揃った言葉が次から次へと出て来ると、これを相手が自分にぶつけたいと思っていたのは確かだ。

「アンタ、気が抜けてんだよ。タルんでんだよ」

「違う」

　はじめ、伊東に弁解する気はなかった。

「ベラベラ勝手なこと言うな。キュウクロのやり直しだったんだよ。ハーネスが作業の邪魔だった」

　後ろから背中を引っ張られる錯覚が起こる。

「邪魔ならハーネスしないのかよ？」

「しないよ。作業に集中できることのほうが大事だ。欠陥を出さないことのほうがよっぽど大事だ。そうだろ」

村上は何か言い掛けたが、そのまま黙った。この同僚には実感としてわかるはずだった。この同僚には。

「前の欠陥率が一・六だったんだよ」

白状するように言うと、村上は「え」と一オクターブ高い声を出した。

「伊東サンが？」

「そうだよ」

再び黙り、村上はジャンパーを羽織った。ひとつジーパンを叩《はた》き、車の鍵を取り出した。

「伊東サン、最後だから言いたいことがある。自分はアンタほど上手い人の気持ちはわからないけど、やっぱり安全を疎かにする溶接工は下手だよ。アンタは昔からそういうのを馬鹿にするところがある。違いますか。だから下手になるんじゃないの」

「お前、それは違うぞ」

伊東はカッとなった。

「そんなわけないだろ。どいつもこいつも何でそうなるんだよ。」

「本当かどうかはどっちでもいいんだよ。ただ、自分らはそうであるべきでしょ。自分らはそう信じるべきでしょ。誰にだって、そうならなきゃならないときが、どうしたって来る」

村上は「練習するでしょ」とガレージの鍵を渡した。

「欠陥率のことは健闘を祈りますよ。クビになったら連絡して下さい。工場にいる伊東サンとか想像できませんけど」

最後に「工場も現場には違いないから」とか何とか言って「ご安全に」と伊東は同僚を送った。「廃材」の箱に入れられた四インチ配管を見ると、きれいに粒の揃った溶接線が光る。鉄鋼が実は極彩色であることを自分らはよく知っている。この溶接線から人間のいたことがわかる。これほど一心に鉄鋼と「火」を扱おうとした、ひたむきな人間がいたことがわかる。


安全を疎かにする溶接工は、下手。村上から言われると、その重みは違った。しかし、やはり伊東はそうは思わなかった。

牧野の自宅に来る。呼び出すと牧野は玄関口に出た。

「どうした？」

驚いている。当然だ、伊東は何も約束せずに来た。少し顔が赤いのは先程まで村上と飲んでいたのだろう。

上がれとの勧めを固辞し、伊東は単刀直入に告げた。今度のM井の現場を自分に譲って欲しい。

牧野は眉を顰めた。

「どうか頼みますよ。俺むこう一年は溶接できないんです、知ってるでしょ？ いまこの瞬間も自分が下手になる気がする。何かもう、その感じに参っちゃって。練習じゃ駄目です。本番じゃないと意味ない。練習だとどうしたって慢心が入る。そうでしょ？」

「まあ落ち着けよ」

「この前フェールしたんです、あの蒸気ドラムのところで。そんなの信じられます？

いちばんヘマできない場所で、自分ミスったんですよ。笑っちゃいますよね」

　伊東は本当に笑っていた。

「自分いまも休んでるじゃないですか。それがいけない気がして。この手に申し訳ない気がして。牧野さんにもわかるでしょ？　いや、俺よりずっとわかるはずだ。そもそもアンタが言ったんだ、一年もサボったら腕が落ちるって。そうだよ、アンタが言ったんだ」

　牧野は何か言った。落ち着けとか少し休めとか誰にでもスランプはあるとか気のせいとか完璧主義は行き詰るとか。伊東は聞く耳を持たなかった。それより牧野が「ゼエゼエ」しているか、それだけを観察するように見た。

「でも村上には言ったんでしょ？　肩代わりしてって頼んだんでしょ？」

　伊東は心が躍った。牧野は「ゼエゼエ」していたのだ。前は露も気づかなかったがこんなに苦しそうだ。

「あまり自信ないって、そう言ったそうじゃないですか。そんな気持ちで火を扱っちゃ駄目だ。その辺のテキトーな配管ならいいけど自分らのは駄目だ」

自分らの配管は洩れたら大変なことになる。高圧蒸気でも可燃性ガスでも硫酸でも硝酸でも自分らの手がける溶接は断じて洩れてはならない。

「牧野さん、アンタはヒューム肺だっ」

牧野はなかなか譲らなかった。

「村上も言ってたよ、もうアンタは溶接しないほうがいいって。この前ガードレールに突っ込んだんだって？　それいつのこと？　もうロクに目も見えてないだろ？　車の運転もできない人が何で溶接はできるの？　そっちのほうがよっぽど危ないだろ」

伊東は食い下がった。牧野に現場溶接の仕事が来て自分に来ないのは絶対におかしい。

「いまのアンタにまともな仕事はできない。それに頼むなら村上より俺のほうがいい。アイツよりいい仕事するから」

牧野が頭一つぶん下から自分を見上げていた。その薄っすら白い目は奇妙にあどけなかった。

「牧野さん、安全を疎かにする溶接工は下手だと思いますか？」

そのとき伊東の手には、牧野の作業員入構証があった。

「どうだろうな」

「肉体労働者ならルールを守れって言われました。肉体労働者なら仕事は真面目にやれとも。でもそんなの関係ないですよね。上手いやつは上手い、下手なやつは下手。それだけの話だ」

定修は実質二日だという。

「二日？」

「短いか？」

牧野は新幹線のチケットもくれた。八日後の自由席だ。

「俺の現場だから、絶対にミスるなよ」

牧野は伊東の手首を掴んだ。けっこう強い力で、その手が思いのほか冷たかったことに伊東はショックを受けた。なぜかはわからない。呆然としたまま礼を言ったのかどうかもあやふやだった。

ただ去る時はいつもの挨拶を交わした。工事現場に出入りする人間は決まって最後に言うのだ。

「ご安全に」

翌日、元ジャスコの現場に戻った伊東は仮吊り中の柱の前にしゃがんだ。

吹管の燃料ガスバルブを開けると、火口からオレンジ色の火が噴き出した。何かを忘れている気がしたが、もう着火した後だったからそのまま予熱酸素バルブを開き、そしたら火が途端に消え失せた。火口が火を飲み込んだように見えた。それを認めた時には既に、予熱酸素バルブに添えた左手が一気に熱くなった。

手袋から細い煙が立ち上った。

逆火《ぎゃっか》だ、と、心臓が跳ね、直ちに三つのバルブを決められた順番で閉めた。思わずうわっ、と叫ぶほど動転したが、吹管は手離さなかった。

ガスを止めると火の乗り移った手袋を足許に落とした。何度か踏みつけ消火を果たし、吹管を防炎シートに放り、持たされたアクエリアスを素の左手にブッ掛ける。シュウ、と音のした方向を見ると、混合管が真下の防炎シートを焦がしたところだった。

逆火は火が吹管側に逆流する現象だ。肩を上下させながら伊東はそっと周囲を窺った。左手の具合より大事なことがある。誰にも見られていないだろうか。伊東の背後、梁二スパン分ほど先にいる鳶工が、次の吊り上げ作業の準備中だった。その鳶工が、いま一歩前に移動し、踏みつけていた赤いホースから足裏を離した。

伊東は息を呑んだ。

通常であれば、燃料ガスを扱うホースはめっぽう硬いものだ。人間の体重程度で凹むことはない。伊東は恐る恐る、ホースに体重を掛けてみた。確かに踏み込んだ感触があった。あいつのせいだ。あそこでアセチレンの供給が途絶え、酸素が過剰になった。混合管の狂った燃焼速度が火を逆方向に呼んだ。

伊東は「おい」と声を上げようとしたが、間一髪で思い止まった。左手を見ると患部は奇妙に白く、最も混合管に近かった人差し指は真っ白になっている。何より慄いたのはまるで痛みがなかったことだ。重度の火傷が皮膚を無感覚にすることは伊東も知っていた。ただ患部の膨張感はあり、現に今の左手は明らかに右手より太っている。

本能的に、もっと冷やさなければと思った。しかし医者に診せるわけにはいかない。逆火は立派な「不安全行動」だ。これではペナルティの上塗りにも等しい。

それより来週自分は溶接をするのだ。この手は大丈夫なのか？　ちゃんと溶接棒を持てるか？　心情としては一刻も早く医者に診せたい。

熱中症と偽り地上に下りる。早退を申し出る。タクシーを呼び個人として外来に飛び込む。これしかなかった。左手を庇うように、そろそろと立ち上がった。

ホースを踏んづけた鳶工、岡崎というのだったが、梯子に至るにはこいつと擦れ違わなければならなかった。

「お、どうした？」

通りざま殴ろうかと思ったが伊東は堪えた。

「ちょっと熱中症かも」

「顔が真っ白だよ？」

岡崎は伊東の言葉を信じた。

「大丈夫か？　担架いるか？」

「いい、下りれる」

伊東はひっそりと片腕で梯子段を下りた。その頃には左手が風船のように張り、動いて血が通《かよ》ったせいか奇妙な痒みも迫った。片腕だと若干ヒョコヒョコした動作になる。岡崎が上から見守っていたことに伊東は気づいていなかった。だから「おい、手《てえ》どうしたんだよ」と、上から声が落ちてきた時はどっと肝を潰した。

そのまま所長の知るところとなった。

「あのさあ、ボーッとしてたのか寝不足だったのか知らないけど、こういうのは困る」

伊東は左手をクーラーボックスに張った氷水に浸した。歴とした労働災害、それも他人《ひと》様の現場ときた。氷水で寒さに震え出しそうになりながら、しかし、伊東は希望を抱いた。ヘルメットの庇ごしにひたすら文句を垂れる所長に目を向ける。この所長にいま何と言うべきか、はっきりとわかった。

「あの、自分は今から病院に行きます。それで終わりにしましょう」

はっと所長の目が輝いたのを伊東は見逃さなかった。火傷が発覚した時は万事休すだと思った。このまま事後対応に追われ、火傷以前に来週の溶接は無理だと。幸か不幸か、この所長は「器」ではなかった。

労災隠しは古典的な不正だ。だがこの「ユルい」現場に労働基準監督署が来たら大変なことになる。最悪U池は業務停止命令を食らう。所長なら何としてでも食い止めたいはずだ。

返事は決まっていた。

「あれだ、なら治療費は……折半にしようか」

利害が一致すれば話は早い。所長はいそいそと電話でタクシーを呼び、伊東はそろそろと胸許にカワダ工業のロゴが縫い取られた作業着を脱いだ。インナー姿になれば個人でガス溶断する趣味人にも見える。

どうやら左手の膨張は止まった。しかし依然として感覚はない。横目で所長を窺うと「あの、カワダのほうにも言わないで下さい」と伊東は念を押した。所長は「わかった」と物わかりよく請け合った。

「それにしてもアンタこの仕事どれくらいやってんの？」

流しのタクシーが五分後に来るという。所長はにわかにフレンドリーになった。

「二十年です」

「二十年？　にしちゃあアンタ下手クソだね。逆火とかそうとう初歩的なミスでしょ？」

所長はハハハと笑った。逆火なら溶断工のヘマだと決めつけたらしい。確かに逆火は火口を塞いだ時にも起こり、しばしば「下手クソ」の代名詞である。現に伊東自身がそう思っていた。欠陥より何より作業中に怪我するやつが最も「下手クソ」なのだ。

「あのホースがクソだったんですよ」

「え？」

伊東は一転、頭に血が上った。

「あのホースがクソだったんですよっ。岡……トビがホースを踏んづけたんですよ、俺の作業中に。そしたらペシャンコになった。そんなの普通ありえないでしょ、後で自分の目で見てみて下さいよ、労基が来ようが来まいがっ」

「何だ、ホースのせいにすんのかっ。他の二人は問題なく使ってんだろ。第一ホースの安全管理は溶断工の責任だ。踏まれたなら踏まれるような場所に配線するのが悪い」

伊東は口を噤み、左手にその辺にあった布《ウエス》を巻いた。布越しにも患部が暴力的に冷たい。指を曲げようとするも全く動かなかった。腫れのせいかもしれず、かじかんでいるせいかもしれない。これが一時的な症状であることを祈るしかなかった。

今頃になり、燃料ガスバルブを開けたとき自分が何を忘れていたかに気づいた。ホースの配線を再確認するのを忘れていたのだ。

火傷は全治三か月で、朝晩に軟膏を塗れと言われた。腫れの後に痛みが生じ、それには参ったものの、人差し指と中指が少しずつ動くようになった。

元ジャスコから離任した日、伊東は君津から「練習場」に飛んで帰った。堺への移動を考えるとその晩しかチャンスがなかった。

右手主体のガス溶断は何とか切り抜けたものの、この手で溶接できる自信はなかった。棚から適当な鋼管を選び、それを練習台に載せる。力を入れると患部から黄色っぽい体液が滲み、どうしようもなかった。医者はリンパ液と言った。もう慣れた風に

「リンパ液」を拭う。

久し振りの溶接である。

あの日、村上が去ったあと伊東は結局「練習」しなかった。どう牧野から現場を奪うか考えながら、ひたすら電極棒を削った。

当然ながら、伊東はそのキンキンに尖らせたタングステン電極を使う。椅子代わりの型鋼に座り直し、ようやく溶接マスクを下ろした。

いつしか午前二時だった。ひときわ大きな蛾がジジジと蛍光灯に危うい接触を繰り返す。三本目の初層を終えたとき額から最初の汗が流れた。

伊東は長いこと溶接線を見詰めた。何度見ても初めて目にするように感じる。こんなの嘘だろと思う。鉄鋼は与えられたエネルギーを真摯に受け止め、それを自分のものに変える。あまりに真摯なのだ。そして、幾らも経たないうちにあっさりと冷える。伊東にとって、溶接線は鉄鋼が固まった結果ではなかった。そうではなくて、それは鉄鋼が冷えた結果なのだ。エネルギーを手放すことで、鉄鋼はいちばん強固な状態になる。それは一体なぜだ。

左手は、アークを放つと平然とついてきた。ティグ溶接は左手のほうが難しい。外目にはウィービングする右手のほうが目立つが、体感としては左手のほうが忙しないのだ。左手は溶融池の動きに合わせながら秒ごとに溶け落ちる溶接棒を前に前に押し出していかなければならない。

溶接棒が短くなるにつれ手許に安定が生まれる。左手が一点に集まる感じとともに、溶融池と自分の境界が一気に曖昧になる。比喩ではないのは、このとき母材と溶接棒が本当に境界を失っているからだ。そこにそもそも境界を持たない熱の存在が知れる。そのうち溶接棒は摑み代《しろ》以下になる。

左手の滑《ぬめ》る感じに素手になると、昨日より色濃い体液が蛍光灯にテラテラと光る。次第に震え、皮膚が痺れ出すと、ビリビリ切り裂かれるような痛みが走った。それでも止める気は起こらなかった。いよいよ左手が手堅くついてきたからだ。これほど自分の手が強いとは知らなかった。その強さをもっと見ていたかった。

また鉄鋼が、融点を超える。伊東はこのとき溶融池がいったい何度なのかは知らない。知らないが、わかるのは、この鉄鋼の持つ融点よりは熱いということ。それは、太陽の温度だ。

前は、こういうとき自分を万能に感じた。これほどの高温を扱える自分はすごいと。いまは、少し違うようにも思う。その冷えた溶接線が、あまりにも超然としているから。鉄鋼の常温の強さを思い出した。そして、自分の常温の弱さも。体液に血が滲むようになると、伊東は作業を切り上げた。そのあともしばらく溶接線を見詰めた。それは決して、火傷などしないのだ。

堺は快晴だった。牧野として現場に入構すると、その日ハジメマシテの配管工と作業場所に向かった。はじめは緊張したが、作業員は作業していればまず誰何などされない。二十年物の分解炉に近づく。同じ仕様の炉がAからH号機まで南北に並ぶ。高さ五十メートルの分解炉にあって、その足許にある凝結水《ドレン》配管が二人の作業対象だった。分解炉から排水溝までの約五メートルを繋ぐその一インチ配管は、膝の高さを水平に走る。途中に仕切弁《ゲートバルブ》があり、そのハンドルが固着したから交換するというのが今回の仕事だった。分解炉の休止する二日間に都合八か所のバルブを交換することになる。

まず保温を剥ぐ必要がある。気の利く客だったらこういうのは事前に撤去してあるが、天下のM井にそういう気遣いはない。半時間後にバルブの左右三十センチほどが剝き出しになった。

次に無理にでもハンドルを回す必要がある。上流とは閉止板《ブラインドフランジ》で断絶されているが、この状態のままバルブの左右を切り落とすのはゾッとしない話だった。配管工がハンドルにモンキーレンチを嚙ませ、思い切り引っ張る。ハンドルは傷だらけになるがこれで回らない小口径バルブはない。バルブが全開になると伊東はグラインダーを手にした。バルブを切り落とすと配管をズラし、そのまま開先加工に入った。

新品のバルブは片手にやや重い程度だ。配管溶接はだいたい「突き合わせ溶接」だが、こういう小口径だと差し込み《ソケット》型の「隅肉《すみにく》溶接」になる。一般にT字の角に溶接する「隅肉」のほうが「突き合わせ」より難易度が低い。そう自分に言い聞かせた。

配管工がトイレに立つと、伊東は素手になった。先程からそうしたくて堪らなかったのだ。拳を作ると硬化した皮膚から粘っこい体液が滲む。不快なのはまだしもそれで指が滑るのがいけない。本当は手袋などしないほうが治りは早いのだろうが、そうもいかなかった。

新しいバルブを所定の位置に仮置きすると、配管工にハンドルを上から押さえて貰いながら、二か所の点溶接を済ませた。ひとつの点溶接は一トンの荷重に耐えると言われる。配管工の手が離れてもバルブはビクともしなかった。

後はやるから、と伝え、配管工はB号機の保温を剝ぎに行った。一人になると、逆に緊張が増した。後はやるから、などと、自分は一人になりたかっただけだ。

何でもない一インチのソケット溶接だ。自分なら目を瞑ってでもできる。昨日だって、ちゃんとやれたじゃないか。伊東は片膝立ちになった。

何で下手になったと思う？

トーチと溶接棒を始点に構えると、目の前にあの検査員がいた。はっきりと見えるものの、溶接マスクで顔はわからない。

これ、フェールするよ。

しみじみと言う。あたかも見てきたかのように。それを無視し、ひと息に半周すると、ただちに溶接マスクを上げた。ちゃんとできている。次の半周のために何も考えず配管を跨ぎ越した。

この一インチ配管は二パスだけだ。あっという間に終わる。暗闇の視界に再びアークの白光が瞬いた時、突如、左の手首を誰かに掴まれ思い切り爪を立てられた。ものすごい力で伊東は溶接棒を落とした。

カラーン、と、それはピョンピョン左右に跳ねた。取り出した直後の長い溶接棒だった。異様にいつまでもピョンピョン跳ねている。そのころになり伊東は左手が痙攣したのだとわかった。脚を攣ったときのように中の筋が引き攣ったのだ。

いま、この配管を馬鹿にしただろ。

跳ね続ける溶接棒を見詰めた。左手の痛さにとても拾えなかった。

何だ、ドレンか。お前、そう思っただろ。ドレンは高圧蒸気の「落ち零れ」だ。あちこち回るうちに高圧蒸気は威力をなくし、ポタポタ凝結し始める。どんなエネルギーも必ず一時的だ。必ず。触れたら死ぬ高圧蒸気も最後はちょっと熱い汚れた水になって、チョロチョロ排水溝へ流れる。こんなの俺の仕事じゃない。お前、そう思っただろ。

思った。だって、その通りじゃないか。自分が仕事で相手にするものは、そのまま自分のことだ。

　お前は傲慢なんだよ。自分をすごいと思うのは人の自由だが、どんな仕事も馬鹿にしてはならない。そうだろ。お前は自分の仕事を馬鹿にされるのを嫌う。お前自身が、誰より馬鹿にしているというのに。

　左手が痛い。それでも今いちど溶接棒を持ち、指先でジリジリと先端を押し出してみる。何とか再開できそうだ。途切れた箇所は上からうまいこと被せればいい。

「さっき溶接棒おとした？」

　ぎょっと振り返ると配管工がいた。

「大丈夫？　手が滑った？」

　音がしたから見に来たという。

「それとも腱鞘炎か何か？」

「うるさいっ」

　吠えると配管工は黙った。怒鳴るつもりはなかった。

「いや、何か今朝から庇ってる風だったから。まあ定修だから仕方ないけど、あまり無理しないほうがいいよ」

その言葉を伊東は聞かなかった。代わりにこう思った。配管工の癖に生意気いうなと。お前と自分では仕事の格が違う。お前の仕事は誰にでもできるが自分のは違う。

背筋が震えた。

「ごめん」

既に配管工はいなかった。C号機のほうにいた。早く、追いつかなければ。

再度、取り掛かろうとするも、手が、動かなかった。

また引き攣ったら、どうする。

一度、地面に両膝をつけた。ここで中断するわけにはいかない。いま配管の六時方向には歪な点ができている。一刻も早く、これを直したい。そうして何もなかったことにしたい。俺の現場だから、絶対にミスるな。牧野はそんなことを言った。うるさい。そんなわかりきったことわざわざ言うもんじゃない。俺にミスるなと言うな。

何かに祈るように、もういちど片膝立ちになる。低い姿勢で六時方向を見上げ、そしたら今度は手が震えて構えられなかった。痛いのでも引き攣ったのでもなかった。

ただただ怖かったのだ。

傲慢で何が悪い。そうでなければこんな危ないこと毎日毎日できないだろ。自分を弱いと思ったら駄目だ。謙虚になったら駄目だ。そしたら手許がブレるぞ。

落ち着こうとすればするほど震えは極端になった。

でも、俺が一番すごいだろ?

伊東は検査員を振り返らせた。

こういう仕事をしていると、いつも下に見られるんだ。工事現場にいる人は、皆「工事現場の人」だ。そうじゃないのに。俺はその辺の「工事現場の人」じゃないのに。誰もそのことを知らない。

思わず空を見上げた。ああ、悪天候だったらよかった。雨でも風でもいいが、シケた雨なら暴風のほうがいい。伊東の人生で最も天気がよかった。

誰も知らないなら自分で言うしかないよな。自分がもう一人の人間になって、自分に言う必要がある。お前は現場溶接工だと。その辺の人間にはできないことが、お前にはできると。

ああ、ここが高所だったらよかった。それとアホな元請。そしたら足場がスッカラカンで、大手を振って白旗を上げる。何かないか、何か。これがガスだったらよかった。そしたら自分でホースを踏んで、今すぐ逆火させる。

お前が一番、火を舐めてるんだよ。

ひとつ、大粒の汗が流れた。

火をぞんざいに扱ってはならない。人間のルールだ。

自分の影の上に、両手のものを置いた。溶接機の電源を切ると、プツンと稼働音が絶えた。トーチと溶接棒が、途端に玩具のように見えた。

瞬きすると、ようよう顔を上げた。地面に手をつきながら、ゆっくりと立ち上がる。溶接機の電源ケーブルを辿り、分解炉の北側へ向かう。その工事用分電盤は、A号機の真下にあった。この定修のために一時的に設置されているものだ。こういう分電盤の蓋にはいつも鍵が差しっ放しで、だいたい蓋も半開きである。

周囲に人がいないことを確認すると、回線に見当をつけ、その導線を黄色いビニールカバーごと指で一思いに引いた。強い抵抗のあとに、バチンと留め具もろとも外れた。一気に全身から力が抜けた。立っていられたのが不思議だった。

再び配管工が来た。

「作業できてる？」

首を横に振ると「やっぱり」と言った。

「さっき分電盤が故障したって」

直るまで手待ちだな、と、配管工は笑った。でも残りの保温は剝いで来ると、生真面目にもC号機に戻る。こっちは電気つかわないから言い訳できないと。

全部、お前のせいだ。素手になると、体液が日光を眩しいほどに反射する。手が光に輝いていた。もう神経質に拭う気になれず、ダランとそのままにした。

あの検査員が、どこかに行こうとしていた。伊東は焦り、咄嗟に手を取ったがそれが信じられないほど熱い。素手なのに肉の感触はせず、一切の弾力がなかった。

「汚い手で触るな」

ひとつ振り払われ、そのまま検査員は去った。拒絶されたとき、自分の手に全く力が入らなかった。

「汚い手」を見ると、全然そうではなかった。左手は治っていた。思わず検査員の消えた方向を見るも、急に目が霞んで判然としない。右手と左手を重ねると、どちらも痛いほど冷たかった。そして、自分のものとは思えないほどやわらかかった。あの検査員が、持って行ったのだ。

初出　「群像」二〇二三年五月号

装幀　川名　潤

石田夏穂

（いしだ・かほ）

1991年埼玉県生まれ。東京工業大学工学部卒。

2020年「その周囲、五十八センチ」で第38回大阪女性文芸賞を受賞。

2021年「我が友、スミス」で第45回すばる文学賞佳作、同作で第166回芥川龍之介賞候補。

2022年「ケチる貴方」で第44回野間文芸新人賞候補となる。

著書に『我が友、スミス』『黄金比の縁』（ともに集英社）、『ケチる貴方』（講談社）がある。

我《わ》が手《て》の太陽《たいよう》

二〇二三年七月一二日　第一刷発行

二〇二三年八月　七　日　第二刷発行

著者　石《いし》田《だ》夏《か》穂《ほ》

発行者　髙橋明男

発行所　株式会社講談社

〒一一二-八〇〇一　東京都文京区音羽二-一二-二一

電話　出版　〇三-五三九五-三五〇四

販売　〇三-五三九五-五八一七

業務　〇三-五三九五-三六一五

印刷所　凸版印刷株式会社

製本所　株式会社若林製本工場

KODANSHA

ISBN978-4-06-533076-0